Kadokawa Fantastic Novel
作者†秋
Illustration†
しずまよしのり
魔王學院的不適任者 12〈下〉
—MAOH GAKUIN NO FUTEKIGOUSHA—
~史上最強的魔王始祖，
轉生就讀子孫們的學校~

Keyword

MAOH GAKUIN NO FUTEKIGOUSHA

災淵世界伊威澤諾

襲擊米里狄亞世界的「幻獸機關」所擁有的世界。原本與帕布羅赫塔拉的關係並不友好，但是比魔王學院早一個星期左右先完成加盟，並在轉眼間成為名列聖上六學院末席的存在。

轉生

將死者的根源引導到新生命的魔法。雖然是一種困難的魔法，在米里狄亞世界卻是廣為人知的存在。在銀水聖海上，別說是這個魔法的存在，甚至連轉生的概念都無人相信，也無法施展這個魔法。

渴望災淵

好幾個存在於銀水聖海中，其中一個會吸引人們意念的「淵」。渴望災淵存在於災淵世界中，會集結所有渴望並互相混合後生出災厄。這些累積、沉澱下來的災厄，最終將會成為「幻獸」誕生於世。

紅線

傀儡世界魯澤多福特的主神傀儡皇貝茲擁有的權能──「連結命運」具現化後的產物。不論對象是人還是物品，具有力量能夠強制實現連結上的命運。要是綁上「不會發動」的命運，甚至能夠壓制理滅劍；而要是綁上「動起來」的命運，就連屍體也會動起來。除此之外，還能將人與記憶綁在一起，將那份記憶植入到對象腦中。

亞澤農的毀滅獅子

由「渴望災淵」裡濃縮的渴望所產生，是「幻獸」中最為高階的存在。其特徵是全員看起來都欠缺一部分的身體。幻獸原本是形態不定的存在，這些缺損的部位才是獅子本來的身體。

魔王學院的不適任者

MAOH GAKUIN NO FUTEKIGOUSHA

～史上最強的魔王始祖，
轉生就讀子孫們的學校～

12
〈下〉

作者†秋
Illustration†しずまよしのり

Kadokawa Fantastic Novels

魔王學院的不適任者

登場人物介紹

雷伊・格蘭茲多利

過去曾多次與魔王展開死鬥的勇者轉生後的姿態。

米莎・雷谷利亞

大精靈蕾諾與魔王的右臂辛兩人之間誕下的半靈半魔少女。

辛・雷谷利亞

兩千年前以「暴虐魔王」的右臂隨侍在側的魔族最強劍士。

伊莎貝拉

生下轉生後的阿諾斯。雖有嚴重的妄想癖，卻是個溫柔且堅強的母親。

格斯塔

個性冒失但非常體貼，是阿諾斯轉生後的父親。

耶魯多梅朵・帝提強

君臨「神話時代」的大魔族，通稱「熾死王」。

【勇者學院】

建於蓋拉帝提，培育勇者的學院裡的教師與學生。

【地底勢力】

在亞傑希翁與迪魯海德的地下深處，存在於巨大空洞裡的三大國的居民們。

Maoh Gakuin no Futekigousha
Characters introduction

【魔王學院】

阿諾斯・波魯迪戈烏多

泰然且狂妄，具備絕對的力量與自信，人稱「暴虐魔王」而恐懼的男人轉生後的姿態。

米夏・涅庫羅

阿諾斯的同學，沉默寡言且個性老實，是他轉生後最初交到的朋友。

莎夏・涅庫羅

充滿了自信且略帶攻擊性的少女，但很重視妹妹與夥伴，是米夏的雙胞胎姊姊。

艾蓮歐諾露・碧安卡

充滿母性且很會照顧人，是阿諾斯的部下之一。

潔西雅・碧安卡

由「根源母胎」產下的一萬名潔西雅當中最為年輕的個體。

安妮斯歐娜

在神界之門對面等待阿諾斯他們的潔西雅的妹妹。

【七魔皇老】

阿諾斯兩千年前轉生前，用自己的血創造出來的七名魔族。

【阿諾斯粉絲社】

由醉心於阿諾斯並追隨著他的人員組成的愛與瘋狂的集團。

§ 30 【計謀】

研究塔最底層的魔導工房裡，就在方才，杜米尼克・亞澤農在我眼前毀滅了。

——是誰下的手？

有動機毀滅杜米尼克的，是被他用鎖鍊束縛的娜嘉等亞澤農的毀滅獅子。假如是他們下的手，時機很可能是銀水序列戰開始不久前。一直在等杜米尼克露出破綻的他們，終於幸運地迎來了這個機會。

這並非不可能。

然而，假設真是如此，他們不惜無視二律僭主也要將我逐出伊威澤諾的態度就顯得有些不太自然。

正因為他們想避免遭到杜米尼克警戒，照理說才不願讓我和他見面。而且按照娜嘉的計畫，要毀滅杜米尼克應該還需要一點時間。

她方才宣稱侵入的二律僭主會由杜米尼克負責對應，這句話也啟人疑竇。如果真是娜嘉下的手，她應該早就知道杜米尼克已經毀滅了。

如此一來，二律僭主很可能會變得無人對應。

即使中斷銀水序列戰，和魔王學院一起對應二律僭主，應該也不會有太大的問題。

也就是說，娜嘉他們可能不知道杜米尼克已經死了——可是，還有其他人有動機嗎？

除了他們之外，因為杜米尼克毀滅而可能獲得好處的，是來自伊威澤諾外部的人們。也就是聖劍世界與傀儡世界這兩者。

然而，柏靈頓、軍師雷科爾以及狩獵貴族們，還沒有抵達最底層這裡。巴爾扎隆德則在魔王列車上。

姑且不論動機，有可能行凶的，應該只有我們潛入之前就已經在這棟幻獸機關研究塔裡的人。

假如是這樣，那麼就是除了娜嘉他們之外，還有其他幻魔族企圖謀害杜米尼克嗎？

「……找到了！你逃不了了！」

「所長，請您離開！侵入者就交由我們對付！」

響起一陣腳步聲，幻魔族的士兵們紛紛朝著大門湧來。

「蠢蛋，竟然毫無防備地出現。去死吧……！」

「『災炎魔彈（bezugumu）』——！」

炎彈四處亂射。

當我稍微跳開躲過後，炎彈便直擊椅子，爆炸四散。杜米尼克的身體被炸飛，重重地落在地板上滾動，最後仰躺停住。

看到這一幕的幻魔族士兵們紛紛倒抽一口氣。

「什麼…………」

「……啊…………怎麼…………會…………」

他們牙齒打顫，露出極度驚恐的神情。

面對主人的驟逝，所有人頓時臉色慘白。

「……杜米尼克大人……」

「怎麼會…………」

「…………那個男人……我知道他……我曾經在帕布羅赫塔拉的號外上看過他……我記得他不是這次銀水序列戰的對手嗎……？」

像是隊長的男人立刻大喊：

「快爭取時間！光靠我們處理不來這種情況！快向娜嘉大人請求支援！」

數名幻魔族作為肉盾擋在前方，退到後方的男子施展「意念通訊」。我以「破滅魔眼」瞪著那個魔法。

「娜嘉大人，請回答！娜嘉大人！」

「意念通訊」的術式遭到破壞，使得他的聲音無法傳達給娜嘉。

「嘖！是他的魔眼！快封住他的魔眼！只要遮蔽視野就好！」

幻魔族們拔出魔劍連射「災炎魔彈」，同時朝我衝來。我繼續以「破滅魔眼」封殺「意念通訊」，同時畫出一道魔法陣。

「『霸彈炎魔熾重砲』。」

蒼藍恆星拖曳著一道光尾，在吞噬掉炎彈後擊中幻魔族們。在這瞬間，蒼藍火焰熊熊竄了起來。

「「「呃、咕、咕喔啊啊啊啊啊啊啊啊啊！」」」

「安靜一會兒吧。」

我接著施展「獄炎鎖縛魔法陣」，進一步綁住燃燒起來的他們。

「『永劫死殺闇棺』。」

從獄炎鎖魔法陣中出現的闇棺將幻魔族們關了進去。由於這是米里狄亞世界的魔法，無法為他們帶來永劫的死亡，至少能夠爭取時間。

「柏靈頓，我有個壞消息。杜米尼克已經毀滅了。」

我發出「意念通訊」。

接著立刻有聲音回應：

『……你確定嗎？』

「他就在我眼前毀滅了。幾乎不會有錯。」

於是柏靈頓立刻說：

『……糟了……！快破壞杜米尼克身上的帕布羅赫塔拉校徽……！在它變紅之前！』

我迅速看向杜米尼克的遺體。

他身上確實佩戴著帕布羅赫塔拉的校徽，不過現在已經變成紅色了。

「唔嗯，似乎已經太遲了。這樣會有什麼問題嗎？」

「……聖上六學院的重要人士都會佩戴特殊的校徽。當重要人士毀滅時，校徽會將該人及其周圍的魔力記錄起來並發送到帕布羅赫塔拉，藉此證明該人確實已經毀滅了。」

原來如此。

既然會記錄周圍的魔力，那也就是說——

「所以會成為杜米尼克毀滅時，我人就在現場的證明啊？」

『……沒錯……毀滅杜米尼克的犯人，恐怕就是知道這一點，所以才故意讓他留著一口氣。原本為了避免這種情況，校徽的機制並不會讓聖上六學院與裁定神以外的人知道……』

「也就是說，犯人就在聖上六學院之中嗎？」

『……應該沒錯……』

就像柏靈頓現在告訴我這件事一樣，其他人也有可能知道校徽的祕密，但不論如何，對方應該都是與聖上六學院關係密切的人。

『要從伊威澤諾發信到帕布羅赫塔拉，得用到界間通訊。這與一般的「意念通訊」不同，由於要穿透銀泡，會花上更多時間。』

要移動到世界的外側，需要用到特殊的船隻。同樣地，大部分的魔法效力都無法影響到小世界的外側。一般來說，「意念通訊」也無法傳到世界的外側。

即使是透過銀燈軌道連結的魔王列車，魔法通訊也一樣會產生延遲。既然沒有軌道連結，那麼延遲將會更加嚴重吧。

「會延遲多久？」

『大約一小時。要是無法在這之前找出毀滅杜米尼克的犯人，阿諾斯，你將會無可避免地成為嫌犯。』

光是現在就已經被視為福爾福拉爾滅亡的嫌犯了，要是出現在杜米尼克的殺害現場，我的嫌疑很可能會變得更重。

米里狄亞世界已受到聖上六學院的監視者介入。假如他們進行強硬的調查，危害到人民，辛他們也不會坐視不管。

若是處理不當，將會演變成帕布羅赫塔拉與米里狄亞的戰爭吧。

不過——

「我們先處理懷胎鳳凰。」

『……如今杜米尼克已經遭到毀滅，我們並沒有讓牠獲得肉體的方法……至少在一小時以內，就連要找出牠在「渴望災淵」的何處都很困難……』

幻獸是不具實體的不定形生物。

要找出來確實很困難吧。

「既然杜米尼克一直都在研究懷胎鳳凰，他的研究成果應該就留在這座塔的某處。」

『娜嘉應該多少知道一點，假如向她說出實情，說不定能得到她的協助……？』

一旦知曉杜米尼克已經毀滅，她就沒有理由將我逐出伊威澤諾。

然而真的是這樣嗎？

「我們無法保證這不是娜嘉的計謀。」

『……為了什麼目的？』

「天曉得。不過，至少娜嘉具有毀滅杜米尼克的動機。就算她想順便設局陷害我也不足為奇。」

假如我向娜嘉說出實情，等於是給了她我暗中脫離銀水序列戰的證據。光是這樣就足以讓我背上嫌疑了。

雖然我不清楚她設局陷害我的理由，說起來我不太了解她這個人。或者，其實是珂絲特莉亞自作主張實行了這個計畫嗎？這樣一來也就能解釋現在這種娜嘉對二律僭主置之不理的狀況了。倘若是那個因為懷恨在心而發狂的女人，這也不是不可能的事。

可是這樣又會讓人產生一個疑問。那就是她真的有可能犯案嗎？

『沒時間考慮了。就算不到一小時，只要銀水序列戰分出勝負，我們暗中脫離的事情應該就會曝光。包含二律僭主的問題也是。為了對抗他，雷布拉哈爾德也會過來。』

「唔嗯，就這麼辦吧。」

『……咦？』

柏靈頓發出疑惑的聲音。

「娜嘉、珂絲特莉亞，或是波邦加，他們當中要是有誰，或者是他們全員都企圖陷害我的話，那麼他們應該已經知道這個情況了。從犯人的立場來看，銀水序列戰就算輸了也已經無所謂。」

這樣能更快地分出勝負，同時還能把我逼入絕境。既然不需要贏，那麼也就不需要暴露自己的底牌。

「只要我方主動出擊，或許就能讓犯人露出破綻。」

『……保留實力的人就是犯人嗎？』

「這個可能性很高。」

本來的話，娜嘉他們絕對不能輸才對。要是有人故意保留實力，就表示他知道這場戰鬥輸了也無妨。

『道理我明白，不過這會是一場賭博吧？這個手段並不確實，而且他們也可能不會露出任何破綻。』

「別擔心，場上有一個擅長看穿這種事情的傢伙。不論是誰，一旦覺得輸了也無妨，內心就一定會出現破綻。那傢伙絕對不會放過這個破綻。絕對不會。」

柏靈頓陷入沉默，數秒間不發一語。

『……那麼，就假設他能看出破綻吧。即使如此，要是犯人不在他們三人之中，陷入險境的就會是我們。』

「只要確定娜嘉不是敵人，我們便能向她詢問有關懷胎鳳凰的事情。你也想優先救助媽媽吧？」

『那當然。』

我以蒼白的「森羅萬掌」之手，打開了房裡的每一個書架。

我將所有找到的書籍取出。這些全是記載了幻獸資料的文獻，有數千冊之多。為了找尋有關懷胎鳳凰的記述，我讓這些書籍飄在空中翻開，一面高速翻頁一面以魔眼（眼睛）凝視。

「不論如何，沒有風險就沒有收穫。作好覺悟吧。」

我邊說邊以「思念並行附身（rikusunesu）」，操作我在魔王列車上的人偶——

§ 31 【疑惑】

邪火山格魯德海夫上空——

娜嘉·亞澤農的「幻獸共鳴邪火山隕石（boruguzeewaheivu）」使得火山岩石有如豪雨般傾盆落下。

波邦加與雷伊以這些墨綠色的隕石為踏腳處，分別以漆黑右臂與白色聖劍進行交鋒。

在空中飛行的珂絲特莉亞旋轉陽傘，接連射出「災淵黑獄反撥魔彈（reiru furiieru）」，但這些魔彈也全在反彈數次後，遭到巴爾扎隆德的箭矢一一擊落。

由於魔王學院完全採取守勢，幻獸機關缺乏進攻手段。一如當初的盤算，戰局陷入膠著，只有時間不斷流逝。

娜嘉他們還沒有拿出真正的實力。縱然他們擁有一兩招殺手鐧的樣子，卻無意使用。

如果不是打算輸，大概就是認為我在魔王列車上伺機而動吧。我們同是亞澤農的毀滅獅子，要是輕率地暴露底牌，恐怕會因此而致命。

『阿諾斯．波魯迪戈烏多，你打算躲到什麼時候？再不快點出來，這輛列車就會成為你的棺材。』

珂絲特莉亞發出魔彈，同時以「意念通訊」向我發洩煩躁。

『膽小鬼。』

「還真是幼稚的挑釁呢。」

當我以「思念並行附身」操控的魔法人偶回覆「意念通訊」後，她便露出惱怒的表情。

「挑釁的水準太低了，珂絲特莉亞。妳這種臺詞就連路邊的醉鬼都激不起戰意。」

『只會鬥嘴還這麼囂張！去死吧，笨——蛋！』

大概是被我激怒了，珂絲特莉亞的魔力隨著情緒激動而開始增強。

她使出至今為止最大的魔彈。珂絲特莉亞將掛在陽傘上的十六發「災淵黑獄反撥魔彈」朝著魔王列車射出。

至今在火山岩石之間不規則高速反射並逼近過來的墨綠色魔彈，有一瞬間重疊排列為一直線。就像早就看見這瞬間一般，一支紅色箭矢將十六發魔彈全數射穿，同時消滅了它們。

這是五聖爵之一巴爾扎隆德伯爵所射出的一箭。雖然他的劍術並不怎麼樣，弓術卻高明得令人瞠目結舌。

最重要的是，他注入箭矢中的魔力，與他使用聖劍時的魔力完全無法相提並論。令人不解的是，他平時為什麼要用劍作為武器呢？

就算在與我和雷伊兩人戰鬥時小瞧我們了，就連在對上二律僭主時，巴爾扎隆德都仍然堅持以聖劍應戰。儘管他曾說弓箭違反了聖劍世界的秩序，若是連在那種局面下都不願施展，他應該相當不想讓人知道。

縱然讓人覺得該不會是這樣——

「獵人的箭矢百發百中。任由情緒支配的野獸注定會遭到獵殺。」

巴爾扎隆德喃喃低語。

由於不能暴露自己的真實身分，他完全在自言自語。但他只是個笨蛋的可能性——也無法排除。

『喂，我們的兄弟啊——』

娜嘉傳來了「意念通訊」。

她搭乘在災龜的背上，就像在牽制似的盯著魔王列車。

『你真的在那輛列車上嗎？』

「唔嗯，妳問了個奇怪的問題。」

『我收到研究塔的回報，他們說有入侵者出現。而你的目的是要去見杜米尼克，這只是偶然嗎？』

她感覺不像已經知道杜米尼克的死訊。她大概察覺到了入侵者，不過還不確定對方的身分吧。

假如這不是她的演技。

「我不懂妳在說什麼。愛歐妮麗雅已經沉入水坑，那個入侵者十有八九應該是二律僭主。妳如此懷疑我的理由是什麼？」

為了確認娜嘉是不是毀滅杜米尼克的犯人，我試探性地詢問她。

『是女人的直覺。』

「哎呀，那想必很準確吧？」

總使我這樣回答，她也沒有露出一絲的動搖。

『我可以再問一個問題嗎？』

「妳說。」

『你有沒有可能就是二律僭主呢？』

我發出「咯哈哈」的笑聲，將她的問題一笑置之。

「如果我說有，妳打算怎麼做？」

『也是呢。要是這樣的話──』

突然間，六發「災淵黑獄反撥魔彈」從側面襲向娜嘉。雖然她展開了魔法屏障，還是逐漸遭到破壞。

『……妳在幹嘛，珂絲特莉亞？』

『我受夠娜嘉姊姊的妄想了。』

珂絲特莉亞不耐煩地說：

『這種事只要打倒他們就知道了，給我認真點。』

就連最後一道魔法屏障也被打破，「災淵黑獄反撥魔彈」直接擊中娜嘉──

『真拿妳沒辦法。』

娜嘉的義足湧出漆黑粒子，形成屏障擋下了「災淵黑獄反撥魔彈」。

『真是不懂事的孩子呢。』

六發壓扁到極限的魔彈吸收娜嘉的魔力，猛烈地反彈射出。

目標是正在和波邦加交戰的雷伊。

在魔彈逼近的瞬間，伊凡斯瑪那刺進波邦加的側腹。他就像故意被刺穿一樣，用漆黑的右手緊緊抓住了聖劍。

「笨蛋……！」

然而，雷伊毫不理會從背後逼近的魔彈。

他竭盡全力將遭到壓制的聖劍刺出，刺穿波邦加的根源。

「你這……唔、唔…………！」

魔王列車迅速降低高度，巴爾扎隆德從下方輕易射穿那六發魔彈。相對地提升高度的災龜澤瓦多隆，被娜嘉義足發出的漆黑粒子所覆蓋。

「『幻獸共鳴災滅殞龜（borukuazeva）』。」

纏繞上墨綠光芒的巨大災龜朝著魔王列車開始落下。耶魯多梅朵立刻發出指示：

「將車輪與第五齒輪連結，全速前進。」

「收到！與第五齒輪連結，全速前進！」

正當魔王列車要加速的瞬間，車體突然一陣劇烈晃動，速度一口氣降了下來。

「怎麼了？」

艾蓮歐諾露在結界室裡承受那股衝擊。

潔西雅指向窗外。

「……外頭……有蜘蛛網……」

是透明的蜘蛛絲。

一張巨大的蜘蛛網包覆著魔王列車，緊緊地纏住車體。正是這張蜘蛛網阻擋了魔王列車的加速。

「這是嫉妒蜘蛛加貝拉。一旦被牠的蜘蛛絲纏住，就會被奪走速度！」

巴爾扎隆德大喊。

「咯咯咯，是專門扯人後腿的嫉妒蜘蛛啊？還真是有趣不是嗎！」

「現在不是笑的時候吧……！咦！要掉下來了……！」

莎夏高聲大喊，目光緊緊盯著魔王列車的上方。將頭和手腳縮進甲殼裡的災龜，正宛如一顆隕石朝這邊墜落而下。

憑藉此時的速度，被嫉妒蜘蛛的蜘蛛絲纏住的魔王列車無論如何都避不開。

「破壞神，快到車外去。用妳的魔眼（眼睛）與『聖域白煙結界（teoborosu ijeria）』擋下那隻烏龜。」

「要是這麼做，可是會被施展『災禍相似交換（bashuttsu）』喔？」

「咯咯咯咯，她要是辦得到，就讓她試試看不就好了嗎！好啦好啦好啦，要來了！準備好了嗎？」

耶魯多梅朵邊說邊以「意念通訊」發出指示。

由於沒時間爭論，莎夏立刻飛到魔王列車的車頂上，以「終滅神眼」瞪著猛烈墜落的巨大岩龜。

「給我停下來……！」

災龜澤瓦多隆在視線發出的黑陽燒灼之下開始減速。

「『聖域白煙結界』。」

隨著艾蓮歐諾露的聲音，魔王列車的煙囪猛烈噴出白煙，形成一道覆蓋住上方的結界。

彷彿在等待這一刻，此時陽傘少女揚起嗜虐的笑容。

「去死吧，『相似屬性災爆炎彈（gesutora eizumu）』。」

珂絲特莉亞在手掌上構築魔彈，其散發出與「聖域白煙結界」具有相似屬性的神聖魔力。那是能讓屬性與指定魔法相似的魔彈。珂絲特莉亞立刻施展出下一個魔法。

「『災禍相似交換』。」

突然間，結界被交換過來，「相似屬性災爆炎彈」出現在災龜與魔王列車之間。

「咦…………？」

驚訝出聲的是珂絲特莉亞。應該要被交換過來的白煙結界在不知不覺間改變模樣，化為了光之砲彈。

那是艾蓮歐諾露的「聖域熾光砲（teo toraiasu）」。

「唉呀唉呀，原本還很擔心像我這種泡沫世界的魔族，究竟學不學得會深層世界的

『變化自在』——」

耶魯多梅朵在司機室裡咧嘴一笑。

原來他將「聖域熾光砲」從煙囪射出，以「變化自在」偽裝成了結界。

「真沒想到！粉塵世界的魔法和我很合得來不是嗎！」

「聖域熾光砲」出現在珂絲特莉亞的前方，而『相似屬性災爆炎彈』則出現在魔王列車的前方。

雙方同時爆炸。

「『聖域白煙結界』。」

艾蓮歐諾露重新張設白煙結界。

珂絲特莉亞遭到光之爆炸捲入，沒有餘裕施展「災禍相似交換」。結界隔開了爆炸的魔彈，使得衝擊主要落在災龜身上，進一步地削弱了牠的速度。

但那個巨大身軀仍然沒有停住，在撞上「聖域白煙結界」後，劈啪作響地迸散出火花。

魔王列車就這樣連同結界一起被向下壓制。不對，是為了降低威力，故意下降。

列車降落在邪火山的山坡上，車輪陷入了地面。已經無路可退了。災龜的甲殼終於就要突破結界。

「這、傢伙——……！給我停下來啊——……！」

「破滅太陽」在莎夏眼中熊熊燃燒，照射出耀眼的黑陽。被灼燒的災龜甲殼開始出現裂痕，墜落的勢頭完全停了下來。

緊接著，波邦加在雷伊面前突然倒下。他立刻朝著被爆炸嚇到的珂絲特莉亞飛去。

「別得意忘形了。」

「……呼……！」

雷伊將她刺出的陽傘斬斷，進一步地縮短了距離。靈神人劍連同她畫出的魔法陣，劃破了她的眼皮。

「啊啊啊啊啊啊啊啊……！」

鮮血四溢，珂絲特莉亞大聲慘叫。

「狗！」

從司機室飛出的耶魯多梅朵坐到了從魔王列車被射出的南瓜狗車車夫位子上。

「如何？差不多明白我不出面的理由了吧，娜嘉？」

我以「意念通訊」向她說。南瓜犬車在空中劃出弧線，占據了娜嘉的上空位置。

「這種程度的力量，連我的部下都比不上。」

§ 32　【相似的魔眼】

「聖域白煙結界」與「終滅神眼」完全抵消了災龜澤瓦多隆的撞擊。

娜嘉則被耶魯多梅朵緊緊盯著。

再這樣繼續受到黑陽灼燒，即使是深層世界的船隻，也難免會被燒出一個洞。

然而——

「……那是什麼？」

莎夏的魔眼（眼睛）捕捉到數千顆蛋。這些蛋似乎在不知不覺中產在了我方的結界內側。

「這些蛋是怎麼進到結界裡的……？」

對於莎夏的疑問，巴爾扎隆德立刻回答：

「牠們是幻獸，在獲得肉體之前不具實體！因此無法以普通的結界擋下！」

看來災龜產下的蛋，似乎能在完全實體化之前穿過結界。

「快趁孵化之前消滅牠們！剛出生的災龜渴求著營養，牠們會啃食魔力……！」

莎夏一面用黑陽壓制災龜，同時將「終滅神眼」對準那些蛋。蛋眼看著迅速孵化，爬出小烏龜。

大量孵化的小烏龜群開始啃食「聖域白煙結界」。

「休想得逞！去死吧！」

「終滅神眼」開始灼燒這些小烏龜。

可是將澤瓦多隆化為隕石的魔法仍在持續。災龜並未喪失威力，一旦莎夏的神眼減弱恐怕就會打破僵局，貫穿結界。

即使是破壞神阿貝魯猊攸的權能，也無法同時應付這兩種情況，小烏龜陸續孵化出來，開始咬起結界。

不久後，那裡就被咬出一個差不多能讓一人通過的小洞。

「衝啊！他們的火露就在那三節車廂裡……！」

幻獸機關的幻魔族們紛紛從災龜的甲殼裡衝出，侵入到結界內部。

就像早就料到這波攻勢一樣，齒輪砲臺將目標對準了他們。粉絲社的聲音響起：

「砲擊準備就緒！」

「「「『古木斬轢轉輪』！」」」

陳舊的轉輪直接擊中幻魔族。

「「呃喔喔喔喔喔啊啊啊……！」」

「紅血魔槍，祕奧之一——」

緊接著，一道鮮紅的突刺亮了起來。

「——『次元衝』。」

幻魔族們遭到迪西多亞提姆刺穿，接連被傳送到時空的另一端。伊杰司跳上魔王列車的車頂，並肩站在莎夏身旁。

「小嘍囉就交給余，妳專心對付災龜吧。」

「我知道了。」

伊杰司亮起獨眼，接連用魔槍刺穿侵入結界內側的幻魔族。雖說是深層世界的居民，一旦侵入的位置有限，到底還是難以躲過齒輪砲與伊杰司的魔槍。

「……輪到……潔西雅上場了……」

潔西雅衝出結界室，拔出聖劍焉哈雷。

「媽媽的結界……不是……食物……」

以「複製魔法鏡（regaroimitein）」增加到無數把的光劍飄浮在空中。潔西雅開始逐一斬斷產在結界內側的蛋。

「潔西雅！妳漏掉了喔！這邊、這邊，魔王列車被咬了！」

艾蓮歐諾露的聲音傳了過來。

小烏龜不知何時接近到魔王列車旁，正在咬著裝載火露的貨物室裝甲。

「看招——……！」

「去死吧……！」

為了不讓牠們得逞，魔王學院的學生們來到列車外頭，使勁全力地劈下魔劍。然而，即使是剛出生的災龜，甲殼也還是很堅固，反倒是他們的劍斷了。

「不會吧……！」

「呃啊啊……該死，這、這傢伙……放開我……！」

一名學生的腳被小烏龜咬住。

不論他怎麼用折斷的魔劍敲打，災龜還是緊咬著他不放。

「交給……潔西雅……吧……」

「……抱歉……！」

「潔西雅妹妹，拜託了……！」

魔王學院的學生們發出「聖域」光芒，聚集在潔西雅身上。

「不准……吃魔族……」

潔西雅揮出纏繞著「聖域」的光之聖劍，猛力敲打小烏龜。小烏龜雖然將頭和手腳縮進甲殼裡，光芒卻侵入到內部，將牠燒灼消滅了。

只有小烏龜的甲殼留了下來。潔西雅就像突然想到什麼似的撿起小烏龜的甲殼，讓甲殼纏繞上「聖域」，用力地敲向一隻正在咬魔王列車的小烏龜。

這次連同甲殼一起成功粉碎了。

「好……強……」

甲殼雖然堅固，如果是相同的甲殼就能敲碎。潔西雅每用焉哈雷打倒一隻小烏龜，就撿起對方的甲殼扔出去攻擊。

『雷伊弟弟！你能先幫忙打倒那邊的女孩子嗎？現在結界要是被換走，大家全都會被壓死喔！』

艾蓮歐諾露發出「意念通訊」。

「總之，我會努力不讓她施展『災禍相似交換』。」

雷伊舉起靈神人劍，兩眼緊盯著珂絲特莉亞。他沒有立刻追擊，是因為已經控制不住伊凡斯瑪那的力量了。

在極其神聖的光芒照耀下，他的一個根源已被摧毀。

『不用再爭取時間了。我有件事想調查一下，就全力以赴吧。』

我向雷伊、莎夏與耶魯多梅朵發出「意念通訊」，向他們說明該做的事。

「也就是能不能打倒，全得看珂絲特莉亞的反應嗎？」

雷伊揚起笑容，將意識集中在伊凡斯瑪那上。突然間，狂暴的純白光芒湧出甚至會侵蝕主人的魔力。

雷伊將其集中並凝縮在劍身上後飛了出去。

「……喝啊……！」

珂絲特莉亞以一把紅色刀刃擋下他所揮下的伊凡斯瑪那。是亞澤農之爪。就像在呼應靈神人劍的魔力，那根爪子湧出黑紅色的魔力粒子。

「……絕不……原諒你……」

珂絲特莉亞的劍術很一般。

雷伊迅速打掉亞澤農之爪，直接刺出伊凡斯瑪那。她迅速退開。雷伊立刻追上，不讓她逃走。黑紅色的魔力才剛瞬間變成陽傘的形狀，傘面就突然打了開來，畫出一道魔法陣。

黑紅色的傘擋下伊凡斯瑪那，迸散出魔力的火花。那是魔法屏障。

「獅子傘爪維加爾夫——幹掉他。」

陽傘與獅子之爪合為一體的武器——傘爪轉動，彈開伊凡斯瑪那。

緊接著珂絲特莉亞順勢刺出維加爾大。雷伊迅速避開傘尖的刀刃，卻被傘端的爪子劃傷，鮮血飛濺。

他降落到墜落中的火山岩石上後，珂絲特莉亞就朝他狠狠瞪來。她睜開的義眼（眼睛）被其魔力染成一片漆黑。

「別逃，乖乖去死吧！」

雷伊的右側突然冒出一道墨綠色的災炎——「災炎業火灼熱砲」。他立刻跳開躲避，並發現眼前飄浮著某樣東西。

那是一顆漆黑的眼球，只有魔眼（眼球）飄浮在空中。一道魔法陣出現在那顆眼球上，同時發出「災炎業火灼熱砲」。

「呼……！」

雷伊以靈神人劍斬斷那道火焰後，隨即感到背後傳來殺氣。墨綠色的災炎從三個方向朝他襲來。他怎麼說都無法完全躲過，火焰吞噬了他的身體。

「……喝啊……！」

他以靈神人劍的力量揮開身上的災炎。

雷伊的眼神變得凝重，他被漆黑的眼球包圍了。輕盈飄浮的魔眼（眼球）合計有八顆。

「這就是妳的毀滅獅子的魔眼（眼睛）嗎？」

「吵死了、吵死了、吵死了！」

珂絲特莉亞用她充滿瘋狂的魔眼（眼睛）瞪著雷伊。

其表情彷彿一頭失去理性的野獸。

「珂絲特莉亞！妳冷靜一點！再這樣下去……」

娜嘉的聲音傳來。

然而她就像沒聽見一樣。

「你竟敢……竟敢……！讓我……！去死吧，去死吧——」

獅子傘爪轉動。光是散發出的魔力餘波，就讓周圍的火山岩石一齊粉碎。

「去死吧————……！」

珂絲特莉亞將傘爪投向雷伊。

他正面迎擊了那把傘爪。

「靈神人劍，祕奧之一——」

一道純白的劍光朝著形成黑紅色漩渦的獅子傘爪斬去。

「——『天牙刃斷』——！」

一道尖銳聲響徹開來，飛在空中的珂絲特莉亞一把接住了被彈回的維加爾夫。

相對於受到靈神人劍侵蝕而減少了一個根源的雷伊，傘爪並未受到太大的損傷。

下方傳來魔力迸散的「滋滋滋滋」聲響，災龜眼看就要突破「聖域白煙結界」。這是因為「終滅神眼」忽然消失了。

「真是痛快。你的伙伴全都要被壓死了。連同那傢伙　起。快被壓死吧！被壓死吧！」

「還要三分鐘呢。」

雷伊不改臉上的微笑。

珂絲特莉亞就像被他激怒似的用魔眼（眼睛）瞪著他。

「什麼意思？」

「是直到災龜被摧毀，妳敗北為止的時間喔。」

「哦？是這樣啊？」

珂絲特莉亞冷冷地說。

「明明無法將靈神人劍運用自如，還這麼囂張。那把聖劍，給我壞掉吧——！」

飄浮在空中的漆黑眼球發出「災炎業火灼熱砲」。雷伊一面斬斷這些火焰，一面朝著在空中飄浮的魔眼（眼球）飛去。

「喝啊……！」

靈神人劍斬斷了漆黑眼球。然而，原以為魔力才剛散開，便又再度聚集，重新形成了眼球的形狀。

「燃燒吧。」

雷伊的身體遭到災炎吞噬。

他儘管蹙眉，還是以根源掌握靈神人劍。

「——『天牙刃斷』！」

無數的白刃斬斷了飄浮的眼球，同時斬斷它的宿命。緊接著，珂絲特莉亞本體的魔眼（眼睛）流出鮮血，她用手將其拭去。

「你這煩人的傢伙……」

「這是因為你們並未獲得完整的肉體吧？那些魔眼（眼球）由於沒有實體，即使斬斷它們也只會使得魔力散開，看來靈神人劍的祕奧還是有些效果呢。方才明明立刻就恢復原狀了，遭到

『天牙刃斷』斬斷的魔眼卻到現在都還沒復原。」

「那又怎麼樣？每次施展祕奧，你的根源就會被摧毀。雖然原本有七個，現在只剩下四個了。我的魔眼有七顆，要是加上這雙眼睛就有九顆。你連算數都不會嗎？」

隨後，雷伊豎起三根手指。

「這樣好嗎？在妳說話的時候，三分鐘就要過去了喔？」

「那是我的臺詞。去死吧！」

一顆飄浮的魔眼上剛浮現魔法陣，雷伊的周圍便構築起魔法城牆，將他團團包圍。

那是銀城世界巴蘭迪亞斯的魔法「監牢結界城牆」。其餘的六顆魔眼與珂絲特莉亞的傘爪發出「災淵黑獄反撥魔彈」。

這些魔彈在城牆之間不規則反彈，逐漸加速。然而，雷伊毫不遲疑地前進。墨綠色的魔彈襲向他。

「打不到我喔。即使我閉上眼睛也一樣。」

「你相當明白呢。明白我巴爾扎隆德的本事。」

巴爾扎隆德從魔王列車上射出的箭矢，漂亮地射穿了即將擊中雷伊的魔彈。

雷伊讓飄浮的魔眼進到攻擊範圍內，以「天牙刃斷」將其斬斷。突然間，他一個翻身。

「靈神人劍，祕奧之二——」

其餘六顆魔眼飄浮在雷伊的眼前。

它們分別配置在保持充分距離的位置上，不過還是稍微小看了雷伊。

這些全都在他的攻擊範圍內。雷伊蹬著火山岩石衝出，全身籠罩著神聖的光芒。

他當場化為一道劍光貫穿眼前所有魔眼。

「笨～蛋。」

珂絲特莉亞露出冷笑。

正當她以為這個空域突然灑下魔法粉塵，六顆飄浮的魔眼（眼球）便出現在她身旁。

「這是方才的回禮。」

是「變化自在」。飄浮在她身旁的眼球裡畫著那個術式。

「還真是可惜呢。」

珂絲特莉亞蹙起眉頭。

不知從何處傳來了莎夏的聲音。

「雷伊的目標不是魔眼（眼球）喔。」

珂絲特莉亞就像察覺到什麼一般，以魔眼（視線）追逐雷伊的去向。

那裡有正在逼近魔王列車的災龜。他化為一道劍光，進一步地籠罩起神聖光芒。現在開始才是他真正的本領。靈神人劍，祕奧之二——

「——『斷空絕刺』——！」

隨著宛如流星的閃光，伊凡斯瑪那一劍貫穿了災龜裂開的甲殼。

因此而瞬間分心的珂絲特莉亞，遲了一步才察覺到從上空逼近的魔族。當她吃驚地抬頭看去時，莎夏已來到眼前。

她眼中浮現著「理滅魔眼」。三分鐘已過，理滅劍貝努茲多諾亞出現在她的眼前。

「妳該不會以為不是阿諾斯，就沒辦法使用它了吧？」

莎夏握住闇色長劍的劍柄用力揮下。

珂絲特莉亞注視著這一幕。

跟洗禮的時候一樣，她的義眼瞬間浮現出毀滅獅子的魔力。

於是，理滅劍映在飄浮的眼球上。

「來吧，貝努茲多諾亞。」

本體眼睛上映出的理滅劍就像具現化一樣，從飄浮的魔眼（眼球）裡突然伸出劍柄。

珂絲特莉亞握住劍柄，用它擋下莎夏揮出的理滅劍。

理滅劍的力量抵消了理滅劍的力量，常理維持著抗衡狀態。

「果然呢，就跟阿諾斯推測的一樣。」

「什麼一樣啦！」

在莎夏與珂絲特莉亞之間，黑暗與黑暗激烈對抗，漆黑粒子散亂紛飛。

§33 【臭味】

「嘎吱、嘎吱吱吱」的碎裂聲響起。

遭到伊凡斯瑪那貫穿的災龜澤瓦多隆緩緩地裂成兩半，從半圓狀的「聖域白煙結界」上滑落。

隨著塵土飛揚，裂成兩半的甲殼各自陷入山坡中，並從甲殼中湧出有如螢光般的翠綠火焰。那是伊威澤諾的火露。

「機會來了！我們就收下了喲！」

「『吸收引力齒輪』，發射！」

魔王列車的砲塔射出帶有鎖鍊的齒輪。

它像磁鐵一樣吸住火露之光，在眨眼間將其回收到車廂裡。

「簡直是大．吃．一．驚．不是嗎！」

站在狗車車夫座位上駕駛的耶魯多梅朵低頭俯瞰娜嘉。

災龜被摧毀後，她坐著輪椅飄浮在空中。

「想不到獅子的雙眼竟然能施展那個貝努茲多諾亞！哎呀哎呀，本熾死王就連想都沒想過這種可能性，真不愧是魔王，簡直是名推理不是嗎！」

熾死王吹噓似的誇張地說，朝娜嘉露出炫耀的笑容。

相對地，她則以優雅的微笑回應：

「儘管不想在阿諾斯出場前暴露底牌，珂絲特莉亞還真是讓人傷腦筋呢。」

「不想暴露底牌？原來如此，是不想暴露底牌啊。咯咯咯咯，確實是這樣吧。」

耶魯多梅朵乘坐的南瓜狗車在娜嘉的上空大幅度盤旋著。

「獅子的雙眼已在深層講堂的洗禮時展現過一部分力量。施展『極獄界滅灰燼魔砲』時為何不利用魔王構築的魔法陣，而是自行畫出魔法陣？我原本以為她是為了誇示力量，正確答案其實是那個吧。」

耶魯多梅朵用手杖指著正在與莎夏以理滅劍的劍鍔相推的珂絲特莉亞。

她睜開的義眼染成一片漆黑，理滅劍的魔力從中流洩而出。

「即使那是自己的力量與技術所不及的魔法，毀滅獅子的魔眼能複製映入眼裡的他人魔法並加以發動。這就是為何她在洗禮時，選擇不使用魔王所準備的魔法陣。」

珂絲特莉亞無法以正規方式施展「極獄界滅灰燼魔砲」的魔法。

因此她依靠了能複製魔法的魔眼力量。

「那個魔眼每次複製只能施展一次魔法不是嗎？要再度施展，就必須用那雙魔眼再看一次相同的魔法。」

「這還很難講吧？」

「如果能施展兩次以上，那麼方才讓靈神人劍的勇者在近距離被魔法擊中時，她應該會施展『極獄界滅灰燼魔砲』，而不是『災炎業火灼熱砲』不是嗎？」

珂絲特莉亞應該沒有不施展的理由。

「然而這麼想的話，又會產生另一個疑問。」

「你究竟想說什麼？」

「原來如此、原來如此。這麼說來，妳當時不在深層講堂呢。那麼不知道也在所難免。」

就不知道是真的不知道，還是假的不知道了。」

耶魯多梅朵露出瞧不起人的笑容說：

「為什麼獅子的雙眼在洗禮時看過理滅劍，結果卻輸了呢？根據洗禮的規則，能複製魔法的珂絲特莉亞．亞澤農絕無輸的可能不是嗎？」

珂絲特莉亞在洗禮時的敗北，是我推測她每次複製只能發動一次魔法的另一個佐證。

儘管她當時複製了理滅劍，卻故意沒有施展。

「換句話說，她用敗北換到了一次『理滅劍（貝努茲多諾亞）』的複製備份。她或許受到了某個精明狡詐的女人指使，認為說不定會在哪裡派上用場呢。」

耶魯多梅朵「叩」的一聲將手杖撐在車大座位上。

「現在她手上的那一把，是破壞神施展的『理滅劍』複製品。獅子的雙眼應該還保留另一把『理滅劍』的備份。又或者，她已經在某處用掉了。」

耶魯多梅朵再度「叩」的一聲敲著車夫座位。

「哎呀哎呀？這麼說來災禍淵姬遭到襲擊時，是不是有人施展了『理滅劍』啊？嗯？」

「……你想說犯人是珂絲特莉亞嗎？」

「不可能。照理說絕對不可能。我明白妳想這樣主張的心情。因為妳對這件事毫無頭緒，推測犯人是杜米尼克──沉迷於研究，甚至不會離開伊威澤諾的那個男人。」

耶魯多梅朵愉快地笑了笑。

「我當然相信妳了，獅子的雙腳！畢竟妳已經用『契約』證明自己沒有說謊了嘛。」

大概是無法預測耶魯多梅朵會怎麼出招，娜嘉警戒地注視著他的一舉一動。

與此同時，她恐怕也在與災龜內部的幻魔族進行「意念通訊」，試圖重整態勢吧。

他們的火露儲放在甲殼裡。如今在甲殼被劈成兩半後，守備變得相當薄弱。在火山周圍是魔王學院占有優勢。

儘管雷伊已消耗了一半以上的根源，在恢復之前難以採取行動，不過只要伊杰司、艾蓮歐諾露和潔西雅他們全力進攻，應該就能奪走所有火露。這樣一來，這場序列戰就是伊威澤諾敗北。

「最重要的是，本熾死王在米里狄亞世界可是以重情重義的老實人聞名。要我懷疑他人……唉呀唉呀，我怎麼樣也辦不到啊。但是！唯有一件事，我無論如何都想確認。」

「是什麼事呢？」

「輪椅和南瓜狗車，妳知道哪一邊的車子比較強嗎？」

熾死王故弄玄虛一般地詢問。然而娜嘉一副毫不意外的樣子立刻回答：

「如果是跟你的狗車比，那就是輪椅吧。」

「我願聞其詳妳的根據。」

娜嘉迅速指向拉車的狗——緋碑王基里希利斯。

「是那隻小狗呢。」

「什麼！竟然能注意到我們米里狄亞裡，被譽為無人能出其右的究極單細胞生物——名犬基里希，妳還真是有眼光！」

娜嘉的輪椅椅背旁畫出有如砲門般的四道魔法陣。

「災炎業火灼熱砲」接連不斷地朝著南瓜狗車連續射擊。基里希利斯一面發出嚎叫，一面盡全力施展「飛行」在空中奔馳。

然而娜嘉的魔法砲擊速度很快。「災炎業火灼熱砲」的掃射眼看就要追上南瓜狗車，墨綠色的火球不斷從熾死王的身旁擦過。

「名犬？是廢犬吧？」

「災炎業火灼熱砲」直接擊中凝膠狀的狗。墨綠色地燃燒起來的基里希利斯因為要忙著恢復傷勢，於是停止施展「飛行」。

就像要追擊一般，「災炎業火灼熱砲」再度連續射擊。

轉瞬間，裝在車廂上的木造轉輪開始高速旋轉。那是艾庫艾斯的一部分。在猛烈地噴出魔力後，南瓜狗車以比方才快上許多的速度開始避開火球。

「咯咯咯咯，真是明察秋毫不是嗎！狗只是裝飾。與其讓牠拉車，用車廂的力量跑起來要快多了！不過，名犬基里希之所以是名犬，並不在於拉車上。這傢伙的恐怖之處啊，是不論面對多麼強大的對手，牠都絕對會緊咬不放的特殊性質啊！」

耶魯多梅朵解除基里希利斯與狗車的連結，開始畫起魔法陣。

「連對上在你們亞澤農的毀滅獅子當中，被視為最接近完全體的阿諾斯．波魯迪戈烏多，這隻狗都漂亮地咬住了他喔？」

娜嘉眼前出現「契約」的魔法陣。

上頭表明熾死王方才說的內容毫無虛言。

「如果妳覺得我在說謊，就試著簽字吧。」

憑藉「根源再生(aguronemuto)」復活的基里希利斯，發出凶猛的吼聲衝向娜嘉。耶魯多梅朵跟方才一樣，繼續在她的上空盤旋。

娜嘉將魔眼(眼睛)看向「契約」的魔法陣。假如不是陷阱，他根本沒有理由要施展這種魔法，但術式沒有任何可疑之處。

她立刻就簽字了。熾死王沒有違背契約，也就是他方才說的都是事實。

「好啦好啦好啦！要是不迎擊，可是會被咬住喔！」

娜嘉輕觸輪椅扶手上的魔法水晶，同時注入魔力。

「這個輪椅是杜米尼克用幻獸製造，能使用各種幻獸的力量——譬如這把長槍。」

一支投擲用的魔槍突然從椅背的魔法陣中伸了出來。

「這是從探求的渴望中誕生的真實長槍。」

她高高舉起那把長槍，朝著無關的方向投擲出去。

「只要貫穿，便能打破隱蔽魔法，使得真實昭然若揭。」

彷彿玻璃被打破一般，那裡的天空景象開始粉碎四散。空間內側顯現出閃閃發光的魔法粉塵與魔法陣。粉塵世界的深層大魔法——「界化妝虛構現實(hairiyamu peereemu)」。

他們並不是在閒聊。

耶魯多梅朵在空中盤旋的同時，構築著這個大魔法。他以「變化自在」隱藏了這件事。

「老實人熾死王先生——」

基里希利斯趁娜嘉投出魔槍的空檔成功接近到她身邊，緊緊咬住了她的手臂。

只不過，牠無法對她造成任何傷害。

義足才剛湧出漆黑粒子，「根源戮殺」的腳尖便貫穿了凝膠狀的狗。

「嗷嗷……！」

「你所謂的不論面對多麼強大的對手都絕對會緊咬不放，是指牠會一直纏著對方找碴或抱怨的意思吧？」

娜嘉帶著友善的表情說：

「竟然說著實話騙人，還真是不得了的詐欺師呢。」

「咯咯咯咯，這句話說得還真過分不是嗎？」

熾死王突然就像發現到什麼蹙起眉頭。

「妳有聞到什麼臭味嗎？」

耶魯多梅朵讓南瓜狗車降低高度，同時裝模作樣地聞著味道。

「是你的錯覺吧。」

「不不不，很臭呢。很臭，臭死了。這是什麼臭味啊？是排放汙水的臭水溝？還是屍體堆積如山的收容所？不對，等等。是更熟悉的臭味。」

熾死王把自己的手慢慢舉到鼻前。

「就．是．這．個！」

耶魯多梅朵愉快地揚起嘴角。

「獅子的雙腳，妳的嘴裡飄出濃烈的騙子臭味喔。」

娜嘉冷眼看來，熾死王則以瞧不起人的笑容回應。

他旋轉手杖，然後以杖尖指向娜嘉。

「現在就由我這個老實人熾死王來揭穿妳的騙術吧？」

§ 34　【說謊者天平】

熾死王以杖尖畫出一道多重魔法陣。

緊接著，周圍灑落的魔法粉塵便漸漸在這片空域裡擴散開來。

「『界化妝虛構現實』。」

周圍的景象彷彿經過化妝一般，突然變了個模樣。這是一個堆滿玩具與破爛，顯得色彩繽紛的空間。

空間的中央飄浮著一個裝飾著骷髏的巨大天平。娜嘉用魔眼（眼睛）瞥了一眼那個天平然後說：

「你做了讓人困惑的事呢。」

「妳這麼想嗎？」

「『界化妝虛構現實』一旦露出底細，便無法發揮任何效果。所以方才熾死王先生才會用『變化自在』將它隱藏起來吧？」

「界化妝虛構現實」是根據內部所有人的共識，從而決定這個領域的規則。

比方說，如果熾死王與娜嘉都認為這裡不存在火，那麼不論施展什麼樣的魔法，都不可能在這裡生火。可是，只要其中一方不這麼認為，便無法發揮任何效果。

雖然這招對初次遇見的對手會非常強大，如果不是的話，要如何不讓對方察覺自己施展了「界化妝虛構現實」就非常重要了。

一旦知道自己踏入到領域內，那麼只要不相信對方的話語便能應對。

「那是說謊者天平。」

耶魯多梅朵指著巨大的天平說：

「假如我說謊，就會傾向右側；如果是妳說謊，則會傾向左側。只要指針從中央狀態傾向同一個方向三次時，說謊者的一半魔力便會轉移到對方身上。妳覺得如何？」

「什麼如何？」

「這是讓賽。如果妳不是騙子，這就是很有利的比賽不是嗎？」

娜嘉露出一臉友善的笑容。

「說什麼讓賽，還真是謊話連篇。熾死王先生在懷疑我吧？」

「自稱老實人的男人讓妳作何感想？啊～不不不，妳不用回答。我明白，沒有比這還要可疑的事了。」

娜嘉甚至沒機會回話，耶魯多梅朵便滔滔不絕地說下去。

「同樣地，會特意用上『契約』來發誓自己沒有說謊的女人，也散發著相同的臭味不是嗎？嗯？」

「我明明沒有說謊呀？」

「無法信賴呢。那畢竟只是魔法不是嗎？」

熾死王露出不屑的表情。

「真遺憾呢。即使你這麼說，但我這輩子從未說過謊喔。」

「咯咯咯，還真巧不是嗎？我也是呢。」

「咚」──隨著一道沉重的聲響，天平的指針傾向了右側。娜嘉同意了熾死王方才提出的規則，因此「界化妝虛構現實」讓說謊者天平開始運作。

「看吧，果然沒錯。熾死王先生是騙子呢。」

娜嘉從椅背的魔法陣中射出「災炎業火灼熱砲」。

「這樣你能稍微相信我了嗎？」

耶魯多梅朵讓狗車車輪轉動，一面在空中奔馳，一面躲開連續射出的墨綠色火球。

「竟然會同意我的提議，真是越來越可疑了不是嗎！有自信不會說謊，是只有大騙子才說得出來的話啊！」

熾死王轉動起手杖，空中便彷彿變魔術般出現十把神劍羅德尤伊耶。

他一口氣衝過爆炸火焰，同時向娜嘉射出那些神劍。

「嘿咻。」

娜嘉讓掛在腳上的狗——基里希利斯輕輕飄起，用牠來擋下攻擊。

「那是頭廢犬，當不了肉盾喔。」

羅德尤伊耶輕易貫穿基里希利斯，逼近娜嘉的臉。她維持坐姿，將神劍往上踢飛。

「方才明明說是名犬，還真是可憐的小狗。」

娜嘉這麼說著，從椅背的魔法陣中取出一條鎖鍊，投向倒地不起的基里希利斯。

鎖鍊之刃在貫穿後，陷在牠的凝膠狀身體裡。

「這是從庇護的渴望中誕生的聖鎖之盾。它會從他人的根源中榨取魔力來守護主人。」

基里希利斯的凝膠狀身體被鎖鍊吸收進去。隨後，刀刃變成了一面盾牌。

「還真是有趣不是嗎？」

耶魯多梅朵將手杖指了過去，被踢飛到空中旋轉的羅德尤伊耶便突然停住。當他將手杖往下揮時，劍尖便轉了一圈，再度朝娜嘉的方向落下。

「意外地很普通喲。」

面對從上空突襲過來的十把羅德尤伊耶，娜嘉讓鎖鍊旋轉起來。鎖鍊前端的盾牌發出閃光，顯現出一道漩渦狀的魔法屏障。

當羅德尤伊耶衝入其中後，神劍就接連折斷，碎片散落一地。

「看吧。」

「不不不，有趣的是老老實實解說店牌能力的妳啊。既然存在說謊者天平，假如不想說謊，保持沉默會比較有利不是嗎？」

熾死王拿起大禮帽，將它拋了出去。大禮帽每旋轉一圈，數量便隨之增加，最後合計變成了十三頂。

「遵循天父神的秩序，熾死王耶魯多梅朵下令。誕生吧，十個秩序——守護常理的守護神啊。」

大禮帽灑下大量有如碎紙花和緞帶的閃亮光芒。

這些光芒在一瞬間形成了神體。

穿戴白手套與純白色兜帽長袍，沒有臉孔的守護神——猶格．拉．拉比阿茲顯現。當十名守護神一齊揮下「時神大鐮」，正在旋轉的鎖鍊盾牌便乍然而止。

因為時間被停了下來。

「哎呀，這是天父神的秩序？原來你是半神啊？難怪我覺得你有點不太像魔族呢。」

娜嘉從魔法陣裡拿出一個懷錶。

「定時的渴望。雖然很可笑，這世上確實有許多人被守時的強迫觀念所支配。這個定時懷錶會讓人嚴守正確的時間。」

娜嘉這麼說後，原本應該停住的鎖鍊盾牌便再度開始轉動。

時間停止遭到解除。緊接著，鎖鍊盾牌猛烈地襲向猶格．拉．拉比阿茲們，將祂們接連吞進魔法屏障的漩渦之中消滅掉。

一把「時神大鐮」旋轉著飛上空中。

這次娜嘉的鎖鍊盾牌直接飛向熾死王，不過他伸手接住「時神大鐮」並往下揮了下去。

儘管處於定時懷錶的影響下，鎖鍊盾牌的時間依舊停止，在空中靜止下來。

「『熾死王遊戲謊言秩序三方相剋』。」

飛在熾死王周圍的其餘三頂大禮帽灑落光芒，從中出現三隻動物。

牠們分別是狐狸、貓咪，以及狸貓。

「真實勝過謊言，謊言勝過沉默，沉默勝過真實。高舉著愛與溫柔之名，熾死王耶魯多梅朵以天父神的秩序定下規則。」

熾死王以誇張的動作吟詠。

「神的遊戲乃是絕對的啊——！」

「沉默勝過真實？也就是說，因為我說出有關定時懷錶的實話，保持沉默的你的大鐮才會贏嗎？」

「咯咯咯咯，妳理解得很快不是嗎？話雖如此，這個三方相剋終究只是讓相容性變好而已，無法顛覆壓倒性的力量差距。」

就像在佐證耶魯多梅朵的解說一般，「時神大鐮」出現裂痕。在熾死王退開的同時，大鐮粉碎，鎖鍊盾牌的時間再度正常轉動。

「看來是這樣沒錯呢。可是，熾死王先生，既然你說不了謊，那麼你才應該保持沉默比較好不是嗎？」

真實勝過謊言，謊言勝過沉默，沉默勝過真實。

儘管「熾死王遊戲謊言秩序三方相剋」創造出這三方相剋的相容性，由於說謊者天平存在，只要連續說謊三次，魔力就會減半。
熾死王已被判定說了一次謊，因此只能再說兩次謊言。
「妳這麼想嗎？」
「要是被拿走一半的魔力，就跟什麼相容性毫無關係了吧？」
熾死王咧嘴笑了笑，將手杖指向狐狸、貓和狸貓。三隻神被迅速吸入手杖。
「『疑神暗器(pappar apa)』。」
就像杖中劍一樣，耶魯多梅朵拔出手杖，便顯現出一道金光閃閃的劍身。
「這把杖中劍在施展『熾死王遊戲謊言秩序三方相剋』時，可以任意設定所具備的特性與風險。背負的風險越大，『疑神暗器』的威力就會越強，並且具備更強的特性。」
耶魯多梅朵愉快地說，並用那把杖中劍刺穿自己的兩頰。
「沒有機關也沒有祕密。」
他揚起微笑的臉上連一滴血都沒有流下，彷彿在變魔術一樣。
「這次的『疑神暗器』只有一個特性。那就是跟靈神人劍一樣，對亞澤農的毀滅獅子具有特效。只不過，一旦劍身被從他人的根源中榨取魔力的鎖鍊盾牌折斷，我就會死。」
娜嘉瞬間朝說謊者天平瞥了一眼。
天平沒有傾斜。
「妳猜這是狐狸？還是狸貓？」
「你想問這是謊話還是真話吧？所以說，哪個是哪個啊？」

耶魯多梅朵彈了一個響指，刺穿臉頰的「疑神暗器」便消失，出現在他的手上。

「妳猜猜看啊。」

耶魯多梅朵用魔法將杖中劍射出。

它散發出神聖的魔力，筆直地飛向娜嘉。

「你知道這面鎖鍊盾牌是聖屬性的魔法具嗎？我的弱點對這面盾牌無效，而這片盾牌的弱點也對我無效。」

也就是為了補強自身弱點的防護措施。

娜嘉讓鎖鍊盾牌旋轉，用魔法屏障的漩渦吞噬了「疑神暗器」。然而，那把杖中劍輕易地貫穿了盾牌與魔法屏障，刺進娜嘉的胸口。

「……呃……！」

她的根源被挖了開來。

從義足湧出的漆黑粒子就像哀號一般形成漩渦，噴出大量的鮮血。

雖然不可能比得上靈神人劍，「疑神暗器」確實對亞澤農的毀滅獅子具有特效。

熾死王也肯定背負了相應的風險。

儘管如此，還是無法以鎖鍊盾牌彈回。

「……真是……奇怪呢……」

她握住刺進根源的杖中劍，讓全身纏繞上漆黑粒子，同時使勁地要將它拔出。

「鎖鍊盾牌是聖屬性。如果這把劍跟靈神人劍一樣，就應該不是鎖鍊盾牌的弱點，不可能這麼輕易地貫穿。」

「咯咯咯。」

熾死王一抬起手，刺在娜嘉身上的杖中劍便突然消失，再度出現在他的手中。

「因為我的力量強到足以無視相容性——妳覺得這個解釋如何啊？嗯？」

「愛說謊的熾死王先生？你會用疑問句，是因為如果再次說謊，就會是第三次了吧？」

娜嘉這麼說完，便從椅背的魔法陣中射出魔槍。

魔槍猛然刺在說謊者天平上。

「哞……！」

熾死王驚訝地轉向天平。

「因為天平沒有傾斜，讓我認為你沒有說謊。然而，熾死王先生其實瞞著我的魔眼（眼睛），對天平施展了『變化自在』，將它偽裝成即使說謊也不會傾斜的樣子呢。」

「…………哞……哞唔唔…………」

「『這次的「疑神暗器」只有一個特性。那就是跟靈神人劍一樣，對亞澤農的毀滅獅子具有特效。只不過，一旦劍身被從他人的根源中榨取魔力的鎖鍊盾牌折斷，我就會死。』——這句話只有一個特性是謊言。其實它對鎖鍊盾牌也具有特效。」

如今在這裡的所有一切，都會隨著發言具備真實、謊言與沉默的任一屬性。經由娜嘉的發言，鎖鍊盾牌具備了真實的屬性。如果她的推理正確，那麼「疑神暗器」便是經由熾死王的發言具備了謊言的屬性。

根據「熾死王遊戲謊言秩序三方相剋」的規則，真實會勝過謊言。然而，假如「疑神暗器」對鎖鍊盾牌具有特效，便能藉由背負風險凌駕在這個規則之上。

娜嘉如此判斷。

「……什、什、什麼？本熾死王的謊言——……竟然這麼輕易……怎麼會——……！」

「沒有比被揭穿的魔術還要無聊的表演呢。看吧，真實長槍揭露了隱蔽魔法，現在天平顯示了正確的傾斜——」

娜嘉停下話語，再度轉向說謊者天平。真實長槍刺在上頭，確實發揮出它的力量。

如果熾死王在「疑神暗器」的說明上說了謊，那麼天平應該會向右傾斜兩次。

可是天平依舊只向右傾斜了一次。

他沒有施展「變化自在」。

也就是說，熾死王並沒有說謊。

娜嘉不發一語地看向熾死王。

他就像在唱戲似的雙手抱頭蹲下。

「怎麼會、怎麼會——這麼輕易地就讓我騙了啊——……！」

耶魯多梅朵感慨一般地說完便抬起頭，咧嘴露出瞧不起人的笑容。

「咯咯咯咯，獅子的雙腳，妳的推理錯了呢。怎麼樣啊？本熾死王狼狽的演技如何？像極了一條敗家犬吧？我扮演三流角色的演技可是有口皆碑喔！」

「咚」的一聲，天平向右傾斜了。

「唉呀，原來不是有口皆碑啊。」

熾死王被判定說謊了。

§ 35 【謊言】

耶魯多梅朵讓杖中劍在空中旋轉，以精湛的手法表演雜技，將它往頭上高高拋起。

面對落下的黃金劍身，他做出拱橋動作，同時張大嘴巴等待。急速逼近的杖中劍直接貫穿了熾死王的嘴中。

「沒有機關也沒有祕密。」

即使被杖中劍貫穿，他就連一滴血也沒有流下。在被完全堵住嘴巴的情況下，熾死王的聲音也仍像變魔術似的響起。

「獅子的雙腳，妳感到很困惑對吧？說謊者天平判定我沒有說謊，但我很明顯說謊了。假如我沒有說謊，這把杖中劍就不可能貫穿得了鎖鍊盾牌——妳是這麼想的吧？嗯？」

耶魯多梅朵挺起上半身咧嘴一笑。

「要是這樣的話，還真是『疑神暗器（註：日文音同疑心暗鬼）』啊。」

「那麼，那個說謊者天平其實不是『界化妝虛構現實』的效果，而是熾死王先生用『創造建築』創造出來的普通天平嗎？」

「什麼……！怎麼會，我應該隱藏得很完美啊……！這傢伙……是……天才嗎……！」

耶魯多梅朵以誇張的動作扮演著小角色。

「喂，真的會有人作出這種反應嗎？」

「咯咯咯咯，因為妳老是看著上頭，才會這麼想啊，獅子的雙腳。我就告訴妳一個好消息吧。人下有人。假如要本熾死王說，沒錯！」

他大大地敞開雙手。

「因為人生沒有下限！」

耶魯多梅朵一臉意味深遠，可是又像毫無意義地說：

「如果妳覺得我在說謊，那就試試看吧。」

耶魯多梅朵伸出手後，那裡便聚集起神聖的魔力。

「『疑神暗器』只有一個特性。而且對亞澤農的毀滅獅子不具有特效。」

熾死王挑釁地說。

方才說對毀滅獅子具有特效。

現在卻說對毀滅獅子不具有特效。

前後兩次的說明明顯存在矛盾。

也就是說，他很顯然是在方才或現在，或者是前後兩次都說了謊。

「一旦劍身被鎖鍊盾牌折斷，我就會死；相對地，如果能夠貫穿盾牌，就能獲得極大的威力。」

耶魯多梅朵將刺進嘴裡的杖中劍轉移到手中。伴隨著神聖的光芒，他射出杖中劍。說謊者天平依然沒有傾斜。

「…………」

娜嘉不發一語地將正在旋轉的鎖鍊盾牌壓進地面，停住了它的旋轉與魔法屏障。在「熾死王遊戲謊言秩序三方相剋」中，沉默會勝過真實。

她判斷耶魯多梅朵說的是實話。不——她恐怕想確認他是否真的說了實話。

娜嘉抬起她的義足，踢向逼近到眼前的「疑神暗器」劍身。然而杖中劍在途中便突然停住了。

在迅速往反方向轉了一圈後，「疑神暗器」朝壓進地面的鎖鍊盾牌飛去。

「哎呀？這次是實話啊？」

「疑神暗器」如果貫穿鎖鍊盾牌，就能獲得極大的威力。因此杖中劍才會反轉方向，瞄準了鎖鍊盾牌。

娜嘉如此判斷後，對輪椅注入魔力，以高速衝出。轉瞬間，「疑神暗器」再度轉向娜嘉的方向，像反彈似的飛來。

「……唔…………呃…………！」

向前猛衝的娜嘉措手不及，來不及躲開「疑神暗器」。

她的根源被挖開，噴出大量的鮮血。跟方才一樣，確實對亞澤農的毀滅獅子具有特效。

即使沒有貫穿鎖鍊盾牌，其威力也毫無差異。

「咯咯咯咯，獅子的雙腳，妳差不多知道答案了吧。」

熾死王向娜嘉揚起瞧不起人的笑容。

「妳猜這是狐狸？還是狸貓？」

「……所以說……哪個是哪個啊……？」

根源大量湧出墨綠色的血液抵抗「疑神暗器」。當她握住杖柄試圖拔出時，杖中劍便突然消失。「疑神暗器」再度出現在熾死王手上。

「妳就用上獅子的腳，或是珍藏的爪子吧。再繼續藏著底牌，也許就沒下一次了喔？」

熾死王用指尖推出「疑神暗器」，讓它在空中旋轉。

「咯、咯、咯、咯！」

當他拍了四次手後，杖中劍便增加為五把。

「好啦好啦好啦！有二就有三喔，獅子的雙腳！」

五把「疑神暗器」畫出弧形，朝娜嘉襲擊而去。

娜嘉讓輪椅飛起，在迅速迴避的同時說：

「沒辦法了，就讓你見識我的底牌吧。」

「咚」的一聲，說謊者天平向左傾斜。

這是謊言。

「是真的喲。」

這次天平沒有動作。也就是說，她改變主意了。她真的打算展現自己的底牌。

「還是騙你吧。」

「咚」的一聲，說謊者天平向左傾斜，指針因此回到中央。

「是真的喲。」

這次則毫無反應。娜嘉就像擾亂似的說，同時確認著天平的反應。娜嘉大幅度地避開迎面飛來的杖中劍，但它們就像在追蹤她似的跟著轉彎，再度追了上去。

娜嘉的輪椅再度加速，試圖甩開「疑神暗器」。

「咯咯咯咯，還真有趣不是嗎！妳認為我透過了某種手法在操作天平啊？的確、的確，如果真的是我在操作它，那麼用謊話與實話混淆視聽就能有效反制。只要我沒能成功看穿妳的謊言，說謊者天平秤便不會正確地傾斜。」

如果在娜嘉說謊時，說謊者天平沒有作出反應，便能證明耶魯多梅朵正在操作它。

這樣的話，天平就是假的。

為了確認真偽，娜嘉或許是不規則地交替說著謊話與實話。

「我的目的另有其他。」

娜嘉在回話的同時，以快於「疑神暗器」追來的速度向前衝去。

「是什麼呢？」

「輪椅與南瓜狗車，到底是哪一個車子比較強？」

面對從正面直衝而來的娜嘉，耶魯多梅朵咧嘴笑了起來。

「我正好也很在意呢！」

娜嘉的輪椅猛然加速，纏繞上漆黑的魔法屏障。

狗車的車輪也不甘示弱地高速旋轉，展開銅色的魔法屏障。

雙方互不減速，正面相撞。

震耳欲聾的撞擊聲響徹天際，輪椅的車輪彈飛，狗車凹陷半毀。

在眼看要相撞之前，耶魯多梅朵朝上空飛去，娜嘉緊隨在後。

「咯咯咯咯，看來是狗車稍微脆弱了點嗎？」

耶魯多梅朵把手伸進大禮帽裡，取出一把金光閃閃的杖中劍。

是「疑神暗器」。

「妳以為只有五把吧？」

「就讓你見識一下毀滅獅子的右腳。」

娜嘉反轉方向，逼近舉起「疑神暗器」的耶魯多梅朵。在她身後，五把「疑神暗器」正緊追而來。

「還是騙你吧？還是說實話吧？騙你的。是真的。騙你的是真的騙你的是真的騙你的是真的。」

或許是能分辨自己在說謊話還是實話，在娜嘉連珠砲地說著這段話時，說謊者天平向左傾斜了兩次。

也就是說，如果娜嘉再說一次謊，她的一半魔力就會落到熾死王手中。

「騙你的。」

當娜嘉伸出右臂後，鎖鍊便纏繞上去。

她開始揮舞起鎖鍊盾牌。

「我方才的說明全是騙你的。鎖鍊盾牌不具備神聖的力量。跟庇護的渴望也毫無關連。它不會從他人的根源吸收魔力。」

她一這麼說，盾牌隨之排出一個凝膠狀物體。

是基里希利斯。

說謊者天平——沒有動作。

「這是能摧毀所有劍的鎖鍊鐵球。」

鎖鍊連接的盾牌變成一顆鐵球，娜嘉將它揮了出去。

「啊啊，對了、對了，看到那顆鐵球讓我想起來了。『疑神暗器』——」

熾死王衝向鐵球刺出杖中劍。

轉瞬間，鎖鍊鐵球才剛出現裂痕，隨即便粉碎四散。

「其實對鐵球具有特效。」

「疑神暗器」從背後逼近，兩把刺進了娜嘉的義足，兩把刺進了她的雙手，一把刺進了她的腹部。

耶魯多梅朵像是要給予最後一擊般，投出杖中劍貫穿了她的頭部。娜嘉突然晃了一下，在失去「飛行」的力量後朝地面墜落。

「……說什麼是狐狸，還是狸貓……熾死王先生還真是問了個壞心眼的問題呢……」

她被杖中劍貫穿的義足粉碎四散。

彷彿代替似的，不祥的漆黑粒子聚集在她身上形成腿的形狀。

那是毀滅獅子的雙腳。她一落地，便拔出刺在頭上的「疑神暗器」拋開。

「正確答案是貓。換句話說，你一直都保持沉默。」

沉默會勝過真實。所以娜嘉的鎖鍊盾牌與鎖鍊鐵球，才會被在相容性上占優勢的「疑神暗器」所貫穿，她大概是這個意思吧。

「只要搞懂魔術的機關，就很簡單呢。有人代替你說謊了。說謊者天平只會對你和我的謊言產生反應。即使第三者說謊，也不會產生任何反應。你故意說謊讓天平產生反應，是為了讓我相信這些話全都是你自己說的。」

娜嘉抬起一隻腳，靈活地用腳尖畫出一道魔法陣。

「他是在何時，以什麼樣的方式混進來的呢？答案只有一個。」

娜嘉看著翻倒在地上半毀的南瓜狗車。

「他打從一開始就坐在那上頭。」

從她畫出的魔法陣中開始湧出黑水。在這瞬間，耶魯多梅朵以「飛行」俯衝下來。

「太慢了。」

娜嘉換腳站立，以獅子的腳直接踢破黑水的魔法陣。

「『獅子災淵滅水衝黑渦（arro rene aroboresu）』。」

從中湧出墨綠色的水。

有如怒濤般湧來的黑色漩渦，直接沖向了南瓜狗車。光是濺起的水花就溶化周遭一切，連「界化妝虛構現實」的世界眼看著都要輕易毀滅。

「咯咯咯咯咯，受不了、受不了，這招還真是讓人受不了啊！這要是一般的小世界，恐怕會被輕易毀滅不是嗎！」

熾死王將大禮帽拋了出去。

當大禮帽在空中增加為十頂之後，透明的布隨即從中出現。那是結界神里諾羅洛斯的結界布。

熾死王只創造出那個權能，以神布將狗車的車廂纏繞起來。緊接著，「獅子災淵滅水衝黑渦」吞沒了結界。布一下子就開始溶化。

熾死王張開嘴巴並把手伸了進去，從中取出一把「疑神暗器」。

他毫不猶豫地衝到車廂前，那道黑色漩渦的中心裡。

儘管他以結界布、自身的反魔法，以及對毀滅獅子具有特效的「疑神暗器」鞏固了防禦，「獅子災淵滅水衝黑渦」依然將他輕易吞沒，讓他整個人開始溶化。

「很好，很好喔！是強敵、難敵、大敵啊啊啊啊！對吧，留校的。這傢伙可不是平時的小角色，真不愧是亞澤農的毀滅獅子！確實察覺到了說話的人是妳而不是我啊。」

熾死王解除「變化自在」後，半毀的車廂內便出現少女娜亞的身影。

「說話的不是我，而是杖老師……不過比起這個，熾死王老師，你相當從容嗎？你的身體正在溶化喔？」

「咯咯咯咯，當然沒有了！不是即死，就是瀕死，總之是要溶化消滅了呢。既然魔術的機關曝光，要比實力就對我很不利，頂多再撐一分鐘吧。」

熾死王即使用天父神的權能陸續創造出守護神來當作肉盾，也全在轉瞬間被黑色漩渦吞沒毀滅。

連要爭取時間都辦不到。

「那、那該怎麼辦？」

「只能這麼做了。」

大禮帽從熾死王的頭上浮起，從中突然伸出一根長杖。那是從深化神迪爾弗雷德手上騙來的深化考杖博斯圖姆。

「這個黑水恐怕是連世界都能摧毀的毀滅化身，不過魔法終究是魔法。好啦，留校的，深化神是怎麼說的？」

在這種眼看就要被黑色漩渦吞沒的緊急情況下，熾死王開始像在教室裡一般進行平時的講課。

「……只要刺穿要害，不論什麼樣的魔法都會瓦解……」

娜亞拚命想出來的回答，讓熾死王愉快地勾起嘴角。

「正・確・答・案・啊！不過話說回來，我光是要擋下這招就分身乏術了呢。」

深化考杖博斯圖姆飄在空中，移動到娜亞面前。

「由妳來做吧，留校的。要將亞澤農的毀滅獅子所施展的深層魔法完全瓦解，恐怕是不可能的，但如果能刺中要害，或許就還有救。」

「……可是…………」

不敢動手的娜亞在下個瞬間瞪大眼睛。

熾死王的一隻手已經溶化消失了。

「咯咯咯，我會在妳猶豫的時候溶化殆盡喔？放心吧，妳一定會活下來。好啦、好啦，妳覺得害死老師的學生感覺怎麼樣啊，留校的？嗯？妳試著想像一下。」

「我不要！」

娜亞大聲吶喊，緊緊凝視著深化考杖博斯圖姆。那是深化神的權能化身。在過去，她曾一度無法將其完全納入自己的體內。

「……胃會變大胃會變大胃會變大……！」

娜亞以充滿瘋狂的眼神用力咬住神杖。神聖光芒從她的體內漏出，全身浮現出撕裂傷。就跟以前一樣，深化神的力量在娜亞體內肆虐，從容器的內側撕裂著她。

然而她沒有倒下。

「……胃會變大胃會變大胃會變大……！」

儘管遍體鱗傷，她還是舉起雙手。

她的手上出現無數的神棘——深淵草棘。

米里狄亞世界的秩序如今已具備了愛與溫柔。

如果她的愛真的深切，深化神或許會不同於過去，回應她的那份愛。

為了讓祂的神眼見證這深化的愛。

「女孩子可是有第二個胃的啊啊啊啊啊啊啊啊啊啊啊！」

突然間，娜亞的神眼才剛閃耀出深藍光輝，深淵草棘便一齊射出。它們立刻被吞進黑色漩渦之中。

數瞬後大地震動，世界崩裂。

「獅子災淵滅水衝黑渦」彷彿失控地激起波濤，天空開始出現裂痕。「界化妝虛構現實」的世界隨著「嘎啦嘎啦」的聲響開始崩塌——

§ 36 【熾死王的推理】

邪火山格魯德海夫——

雙馬尾隨風飄揚，莎夏原地轉了一圈。

她以「理滅魔眼」向四面八方投出視線，將這一帶空域化為德魯佐蓋多的領域。她沒有停止旋轉，順勢揮出的理滅劍，珂絲特莉亞同樣用理滅劍擋了下來。

影子與影子互相碰撞，黑暗與黑暗激烈衝突。

儘管理滅劍為了毀滅對方的理滅劍而展露獠牙且劍刃並未砍中，兩人的身體也仍被斬傷，濺出鮮血。

「喂，妳那個模仿人的魔眼（眼睛），似乎什麼都能複製呢。」

「這是『複寫魔眼』，別用奇怪的名字稱呼它。」

即使珂絲特莉亞使勁要將闇色長劍打退，莎夏卻連動都不動一下。

假如只比純粹的力量，會是身為毀滅獅子的珂絲特莉亞占上風。換句話說，在理滅劍的運用上是莎夏更勝一籌。

「哦～複寫啊。如果幻獸的力量源自渴望，那妳的渴望是什麼呢？」

「吵死了。」

飄在空中的獅子眼球繞到莎夏背後。眼球上出現一道魔法陣發出「災炎業火灼熱砲」。

莎夏施展理滅劍時無法使用其他魔眼，墨綠色的火球接連擊中使得她被火焰吞噬。

「妳這傢伙！」

珂絲特莉亞在全身纏繞上漆黑粒子，使勁全力將莎夏的理滅劍打退。

「去死吧！」

珂絲特莉亞的理滅劍對毫無防備的莎夏劈了下去。闇色劍刃將她從肩頭到身體的部位斜斬開來。

這是連根源都能斬滅的致命一擊。然而，看似被斬斷的莎夏毫髮無傷——她的理滅劍毀滅了這個道理，在被砍中後擋下了這一劍。

「是幻獸的特性嗎？我雖然不像米夏那樣能看出細微的情感變化，還是多少能夠明白妳的心情。」

就像要還以顏色似的，莎夏打退珂絲特莉亞的劍，並隨即揮下理滅劍。珂絲特莉亞急忙跳開避開了這一劍。

儘管如此——她鮮血四濺。

「……啊……呃……」

雖然應該確實避開了，她的胸口仍然被砍中了。莎夏優雅地舉起理滅劍。

「妳從方才一直看著我的那個魔眼（眼神），是我有印象的眼神。那是羨慕的眼神。妳很羨慕那些擁有妳所沒有的東西的人，對他們深深地感到渴望與嫉妒。所以，即使妳能複寫任何魔法，終究還是比不上真正的魔法。」

「吵死了！誰——會——啊……唔……！」

就在珂絲特莉亞勃然大怒的瞬間，莎夏的理滅劍刺穿了她的腹部。

「畢竟妳就是比不上，所以才會羨慕吧？因為妳無法施展的魔法，就只能透過複寫施展出劣化版不是嗎？」

「盡是些令人火大的傢伙！所以怎麼了？即使如此，我還是比妳強。」

縱使腹部被刺穿，珂絲特莉亞仍舊用力抓住莎夏握著理滅劍的手。莎夏的貝努茲多諾亞稍微變淡了。

「魔力不足。其實妳想用這一擊決定勝負吧？這把『理滅劍』是跟那傢伙借來的？妳還不是一樣用不來，明明就跟我一樣！在囂張什麼啊！」

她帶著煩躁的態度揮下貝努茲多諾亞。

當莎夏以「理滅魔眼」看向理滅劍並注入魔力後，珂絲特莉亞的右手便被砍斷，連同貝努茲多諾亞一同掉落。

可是，莎夏刺在珂絲特莉亞身上的理滅劍也同時消滅了。

「還真是遺憾呢。這不是借來的，而是我們進行了交換。羨慕嗎？」

莎夏利用踢開珂絲特莉亞的反作用力迅速後退。

「誰會啊！」

珂絲特莉亞追著後退的莎夏飛起來。

由於莎夏耗盡了魔力，珂絲特莉亞也沒有複製的備份，兩人都無法再度施展理滅劍。

然而，珂絲特莉亞還保有充分的魔力。

「去死吧。」

「妳明明有這麼多魔眼(眼睛)，卻只會用來羨慕嗎？」

「——吵死了！」

珂絲特莉亞在莎夏的挑釁下勃然大怒，就像要發洩煩躁似的畫出一道魔法陣。

就在這之後——

原以為在空中後退的莎夏與緊追上去的珂絲特莉亞——正好在兩人之間突然出現裂痕，同時湧出大量的黑水。

由於熾死王的「界化妝虛構現實」遭到摧毀，使得娜嘉的「獅子災淵滅水衝黑渦」因此湧出，以要將火山一帶吞沒的洶湧水勢傾瀉而下。

莎夏察覺到危機及時避了開來，與之相反的珂絲特莉亞只顧著追趕莎夏，於是便被吞進了黑色漩渦裡。

「咯咯咯咯，咯——咯、咯、咯」的笑聲在空中迴蕩。

「千鈞一髮、九死一生、生死一線間啊啊啊！」

全身黏稠融化的耶魯多梅朵，隨著湧出的黑水沖走了。天父神的翅膀包覆著身後的娜亞，勉強守護住她。

「哎呀哎呀，留校的，沒想到在那個緊要關頭，妳竟然不僅對『獅子災淵滅水衝黑渦』，就連『界化妝虛構現實』也射出了深淵草棘，妳這不是看得很深嗎！儘管無法完全瓦解她的魔法，藉由崩塌『界化妝虛構現實』成功改變了力量的流向！」

耶魯多梅朵饒舌地說，不過娜亞已無力回答。她因為吞噬了深化神的權能，使得自己的容器受到了重創。

「等等，你這不是快死了嗎！」

莎夏將所剩不多的魔力集中在眼睛上，以「破滅魔眼」削弱黑水的威力後，隨即伸手將兩人拉了上來。

「妳也一樣，被打得相當悽慘啊，破壞神。魔力幾乎耗盡了不是嗎？」

「這是理滅劍害的啦。我被它吸走了超誇張的魔力。要是正常打的話，我才不會把魔力耗得這麼吃緊。」

隨後，從他們上方傳來了聲音。

「還真可怕呢，魔王學院的各位。在銀水序列戰揭露珂絲特莉亞的力量，你們究竟在打什麼主意呢？」

娜嘉就在比莎夏他們更高的空中。

她的漆黑雙腳溢出龐大的魔力，強化著她的全身。

「妳以為只有雙眼嗎，獅子的雙腳？我也大約猜到妳的力量了。」

「是這樣嗎？不曉得有沒有猜對呢？」

娜嘉毫無動搖且冷靜地說。

「妳原本說：『這是從庇護的渴望中誕生的聖鎖之盾。它會從他人的根源中榨取魔力來守護主人。』當時說謊者天平並未傾斜，這表示妳沒有說謊。而在這之後妳也這麼說了：『我方才的說明全是騙你的。鎖鍊盾牌不具備神聖的力量。跟庇護的渴望也毫無關連。它不會從他人的根源吸收魔力。這是能摧毀所有劍的鎖鍊鐵球。』」

熾死王揚起挑釁的笑容。

「當時說謊者天平也沒有傾斜，所以這也不是謊言。」

娜嘉既不否定也不肯定，只是默默聽著。

「然而，鎖鍊盾牌與鎖鍊鐵球的說明卻明顯互相矛盾。即使假設那是會隨著妳的說明變化的魔法具，要是妳沒有這樣說明，也應該還是會被判定在說謊。那麼，為什麼妳的謊言沒有被說謊者天平判定出來呢？」

耶魯多梅朵將杖中劍指向娜嘉的臉。

「妳是說謊者。或許是由於這份渴望，妳能將自己的幻想當作真實。即使違反事實，只要本人認為那是真的，說謊者天平便不會起作用。」

聖王雷布拉哈爾德在六學院法庭會議時曾經說過。即使受到「裁定契約（jizetto）」的制約而無法說謊，這類的魔法只要本人不認為是在說謊就好。

儘管罕見，偶爾還是有人能以暗示之類的力量繞過制約。她的情況就跟那個一樣。

「假如妳說出了明顯和最初的鎖鍊盾牌互相矛盾的鎖鍊鐵球的說明，那麼不論是誰都會知道妳在說謊。如果說謊者天平是假的，其實是我在操作的話，它就絕對會往左傾斜。可是天平是真的，並將妳的幻想判定為實話。妳在因此確定天平是真的後，從而意識到說話的不是我，而是第三者——留校的這件事。」

熾死王即使拖著半死不活的身體，也還是像在炫耀勝利般笑著。

「妳能看穿我的虛張聲勢，即是妳是說謊者的證據不是嗎？嗯？」

「也是呢。雖然也有這種可能性，除此之外還能想到許多可能不是嗎？」

「不不不，這是最令人滿意的答案。只要妳以『契約』發誓毫無虛言的內容，只是基於幻想的錯誤認知，那各種謎團就全都串連起來了！」

娜嘉抬起一隻腳，迅速地畫出魔法陣。

「熾死王先生是魔王學院的參謀嗎？還真虧你能幻想出這麼多事情來呢。」

「咯咯咯，要是妳以為我是魔王的頭腦，那誤會可大了啊，獅子的雙腳。像我這種小角色，頂多是在那個男人耳邊吵鬧的鸚鵡！就算現在收拾掉我，魔王也早就抵達在這之後的推論！」

「這還很難說吧？畢竟熾死王先生是個騙子呢。」

娜嘉在空中換腳站立，向方才畫出的魔法陣踢出一腳。

「『獅子災淵——』」

「砰——」的一聲，響起一道碎裂聲。

娜嘉中斷魔法，急忙轉頭看去。

邪火山格魯德海夫的山腰處——被黑水沖走並開始溶化的災龜甲殼，被雷伊用靈神人劍斬斷了。

裝載在上頭的火露猛然竄上高空，從熾死王與娜嘉之間穿過。

「波邦加，你已經恢復了吧？不用再假裝被打倒了，快去回收火露。」

她發出「意念通訊」。被靈神人劍貫穿根源，倒在邪火山火山口的波邦加猛然起身。

「交給我——」

「最後……一擊……！」

「砰」的一聲，帶來最後一擊的潔西雅用小烏龜的甲殼狠狠敲了波邦加的頭。

「啊……！」

「這是……二刀流……」

接著，潔西雅再度「砰、砰、砰」地用甲殼敲著波邦加的頭。

「妳這小鬼——！」

漆黑的獅子右臂發出咆哮，將潔西雅輕易震飛了。她重重地撞上岩壁，無力倒下。

「……別小看我……看我將妳大卸八塊……」

『波邦加，先去回收火露。』

娜嘉再度發出「意念通訊」。

「十秒就好。我不會白白挨打……」

波邦加氣勢洶洶地踏出一步。

「波邦加——！」

這道怒吼使得他停下腳步。在這瞬間，一個小甲殼「砰」的一聲直擊波邦加的臉。是潔西雅扔的。波邦加頭上流著血，狠狠地朝她瞪去。

「鬼先生……在這邊……」

「……我絕對不會忘記這份屈辱……」

波邦加看準在空中紛飛的火露，施展「飛行」往上空飛去。

「這些孩子還真是會給人添麻煩——」

娜嘉突然驚訝地抬頭望向天空。

一股強大的魔力正在靠近。遠方出現一個閃閃發光的物體。然後下一瞬間，那個物體便接近這片空域，讓人能夠清楚看出它的模樣。

那是飛空城艦傑里德黑布魯斯。

「咯咯咯，發現得太晚了不是嗎？即使是那個距離，先抵達火露的也還是我們喔。」

「『獅子災淵──』」

娜嘉毫不遲疑地將魔法陣瞄準傑里德黑布魯斯的前方，踢破其中心。

「──滅水衝黑渦』。」

黑水形成漩渦，形成一道將火露隔開的牆壁。

然而──

「美麗地上吧。」

法里斯的聲音在這片空域響起。傑里德黑布魯斯彷彿幽靈般，迅速穿過為了擋住去路所發出的「獅子災淵滅水衝黑渦」。

「……嘚唔……！」

飛空城艦阻擋在波邦加的眼前。

「……穿過姊姊的『獅子災淵滅水衝黑渦』，竟然毫髮無傷……？」

「不，只是繞過去了。」

娜嘉冷靜地否定了波邦加的發言。

「……要繞過去，應該需要繞一大圈……」

「這表示那艘船就是這麼快喔。雖然一直覺得他──銀城創手在巴蘭迪亞斯的時候並沒有拿出全部的實力，沒想到竟然這麼快，真是出乎意料。難怪他有辦法從米里狄亞世界趕回來呢。」

她解除臨戰狀態，消去漆黑的獅子雙腳。於是，原本滿溢而出的黑色漩渦開始迅速蒸發消失。

娜嘉從畫出的魔法陣中取出義足，緩慢地裝上。

她應該還能戰鬥。然而很可惜，根據銀水序列戰的規則，戰鬥已分出勝負了。

「魔王學院已占有所有火露。」

奧特露露的無機質聲音響起。在方才的一瞬間內，法里斯已將飄在空中的火露全部回收完畢了。

「是魔王學院的勝利，銀水序列戰到此結束。」

接著奧特露露繼續說：

「即刻起開始對應不可侵領海——一律僭主，還請魔王學院和幻獸機關給予協助。」

裁定神抬頭望向天空。

在遙遠的黑穹出現了一群閃耀的星光。

是船團。

中央是一艘巨大的方舟。

其周圍飄浮著銀水船涅菲斯。

來得比預定時間早了許多。

「聖船艾露托菲烏絲——雷布拉哈爾德元首的船已經抵達。」

§37　【真正的愛】

研究塔最深處的魔導工房——

入口傳來腳步聲，一名留著齊劉海短髮的青年——柏靈頓現身。

「……雷布拉哈爾德已經抵達了。比預定時間還要早……」

還不到一個小時。然而，即使在趕路，船的航行速度也應該無法輕易改變。

也就是說——

「他大概是故意晚報抵達時間了。」

「這表示他已經察覺到帕布羅赫塔拉內部有人在協助二律僭主了嗎？」

如果二律僭主與帕布羅赫塔拉內部的人串通，那麼就能藉由給予錯誤的情報進行擾亂。

「他不見得是因為察覺到了我們的存在。大概是打著要是有人忍不住露出狐狸尾巴，就算是賺到的主意吧。」

也就是說，這只是在進行試探。雷布拉哈爾德也沒有確實的證據。

「可是，我們已經沒有時間了。」

柏靈頓邊說邊走向我。他的視線有一瞬間瞥向了災人伊薩克沉睡的冰柱。

他停下腳步，立刻向我提問：

「銀水序列戰似乎已經結束了，怎麼樣？至少就我的魔眼（觀察）來看，他們不像保留了實力。只是銀城創手的伏兵策略奏效了，如果沒有伏兵，恐怕會被娜嘉幹掉兩三個人。」

的確，莎夏即將耗盡魔力，耶魯多梅朵與娜亞也已經瀕臨死亡。

「不過，正如你的部下耶魯多梅朵看穿的，那個女人有能將自己說出的謊言當作真實的可能性。如果真是這樣，前提就不一樣了。」

「那是騙你的。」

轉瞬間，柏靈頓陷入沉默。

「……騙我……是指……？是哪一件事？」

「他們是否保留了實力，沒人能看得出來。」

他露出一臉疑惑的表情。

「…………為什麼要說這種謊騙我？」

「我想確認的事情有三件。那就是用理滅劍襲擊媽媽的人不是杜米尼克的可能性、娜嘉即使簽訂了『契約』也仍然能說謊的可能性——」

我指著柏靈頓說：

「以及你與娜嘉他們串通的可能性。」

儘管遭受到我的懷疑，他就像接受似的回答：

「原來如此。對你來說，這是理所當然的懷疑。」

「我告訴過你，我擁有能看穿他們是否保留實力的手段。如果你與他們亞澤農的毀滅獅子有所串通，他們即使想輸掉銀水序列戰，也沒辦法保留實力。因為他們必須假裝自己沒察覺到杜米尼克已經死去。」

殺害杜米尼克並解開項圈與鎖鍊，是娜嘉他們表面上的目的。

姑且不論真偽，如果他們要根據這個目的行動，便無論如何都得在銀水序列戰中擊敗魔王學院，並且伺機等待杜米尼克露出破綻。

「他們全力戰鬥，使得珂絲特莉亞不得不展現獅子的雙眼，娜嘉也不得不讓她有說謊癖的事情曝光。他們將局面導向規則上的敗北，可以說巧妙地避開了我方的試探。」

沒被我說的話動搖，柏靈頓冷靜聽著我的推理。

「可是，如果娜嘉在『契約』中說了謊，那她對我說出的內容就不可信了。」

「恐怕是半真半假吧。」

「對此我也有同感。至於哪些是真話、哪些是假話，鎖鍊與項圈最為可疑。」

柏靈頓的表情沒有特別的變化。

我接著繼續說：

「娜嘉向我們說明，說他們被杜米尼克繫上鎖鍊與項圈，被他支配了渴望。我當時要波邦加拿給我看，他卻沉默不語。」

我原以為是傷到了他的自尊，卻又無法接受這個理由。

「他大概是被告誡不要多話，以免露出馬腳。即使娜嘉能將幻想當作事實，一旦說明出現矛盾，也騙不了人。」

柏靈頓點了點頭說：「原來如此。」

「只有在那時，你才介入了對話。你說項圈與鎖鍊，只有被繫上的本人、杜米尼克，或是災禍淵姬才看得見。雖然娜嘉能說謊，她的謊言沒有物證。更別說是要能綁住亞澤農的毀滅獅子的東西。」

項圈要是被我毀滅，他們的計畫便無法成立。因此，他們準備了一個實際上不存在，所以絕對無法毀滅的項圈。然而要讓我相信，就需要有能代替物證的事物。

「柏靈頓，當時你說能隱約看見呢。看見那個鎖鍊與項圈。可是在娜嘉、波邦加與珂絲特莉亞身上，真的繫有項圈嗎？」

「當然。假如有必要，我就在『契約』中證明我沒有說謊。」

「可是，即使和能用『紅線』改寫記憶的你簽訂『契約』，也無法證明任何事吧？」

柏靈頓甚至能將自己的人格變成另一個人。他當時的打算，大概是即使會讓我更加起疑，也不要讓我抓到狐狸尾巴。

然而他誤算了一點。珂絲特莉亞並未被繫上項圈。她曾說如果真有能綁住她的鎖鍊，她還想要被綁住。還說過她想戴上項圈，被嚴厲地管教，讓自己變得正常。

她的渴望是對他人的憧憬與羨慕。她所說的那些話，我不覺得存在像娜嘉那樣的謊話。

柏靈頓不知道我曾經以二律僭主的身分與珂絲特莉亞接觸過。

因此他並未察覺珂絲特莉亞繫著項圈的說明存有矛盾。

「如果需要物證，這裡是『渴望災淵』。只要去到那裡，你應該也能看見。」

「如果你在說謊，那麼就算去到那裡也不會有鎖鍊與項圈。既然如此，你為什麼要帶我過去？」

面對我的詢問，柏靈頓露出疑惑的神色。

不過他隨即開口回答：

「倘若我是你的敵人，那裡就可能設有陷阱。然而，即使知道有陷阱，假如不去就無法確認也是事實。」

「不對，是因為你想爭取時間。」

他不發一語地注視著我。

「柏靈頓，你和媽媽接觸引起了共鳴，導致災禍之胎開始甦醒。同時很不幸地，未能在『渴望災淵』獲得肉體的毀滅獅子也開始暴動，使得病情惡化。這兩件事會是偶然嗎？」

假如只有一次，或許還可以當作偶然。

「當你試圖用『記憶石』喚醒媽媽的記憶時，從『渴望災淵』湧來的大量記憶促使情況更加惡化。」

不幸的偶然接連發生。

儘管不能斷言這是絕對不可能的事。

然而——

「你提出用『紅線』確實喚醒媽媽記憶的方法。而媽媽現在的記憶，正逐漸被前世的記憶覆蓋。」

只要不是從他的話語，而是從他的行動與結果來看，就會發現他總是保持一致性。

「之所以殺害杜米尼克，是擔心我如果用魔眼窺看他的深淵，會發現他正受到『紅線』操控。而他會一直躲在研究塔裡，從不離開伊威澤諾，是為了不讓外側世界的強者察覺到這件事吧？」

帕布羅赫塔拉也有許多魔眼優秀的人。一旦被他們察覺，柏靈頓的計畫將會化為泡影。而陷害我只不過是順便而已。

「過去露娜．亞澤農曾這樣問吧？『一向溫柔的祖父大人到哪裡去了？』你是何時與傀儡皇貝茲進行交易的？是在露娜被靈神人劍砍中之後，還是——」

我向有如人偶一般面無表情的「紅線偶人」問：

「在一萬八千年前，你為了覆蓋杜米尼克．亞澤農的人格而與他交易了？」

柏靈頓當時還不具備「偶人」的身體。

然而，他應該能借用傀儡皇的力量施展「紅線」。

說不定他當時進行的交易，就是用成為魯澤多福特的元首來換取施展「紅線」的力量。

「對姊姊的獨占欲就是你的渴望，柏靈頓。你利用『紅線』操控杜米尼克，將嚮往戀愛的露娜．亞澤農變成災禍淵姬，將她囚禁在名為災淵世界的牢籠裡——為了不將心愛的姊姊交給任何人。」

我畫出「契約」的魔法陣舉向柏靈頓。

「如果不是，你就同意我的『契約』吧。答應今後絕不會未經我的同意就接近媽媽。這樣一來，不論你怎麼覆蓋記憶，都沒有漏洞可鑽。」

他當然也能選擇在這裡同意「契約」，擺脫我對他的嫌疑。不過，假如他的行動是源自於他真正的渴望，那他恐怕很難同意這個條件。

就像珂絲特莉亞一樣，伊威澤諾的人們所懷有的渴望與理性相去甚遠。

「……阿諾斯，你錯了。我並沒有什麼獨占欲……」

他靜靜地說：

「我一直相信姊姊會在某處重生，只懷著這個心願，不斷地尋找她的蹤跡。一心想取回失去的姊姊——」

柏靈頓毫不遲疑地伸出手。然後，他施展「災炎業火灼熱砲」射穿舉到眼前來的「契約」魔法陣。

「——這份感情是愛啊！」

我射出「霸彈炎魔熾重砲」與墨綠色火球互相抵消。柏靈頓的雙手出現無數的「紅線」，伸向空無一物的半空中。

以「變化自在」變得透明的爸爸和媽媽就在那裡。

「唔嗯，看來我猜對了呢。」

我蹬地衝出，拔出二律劍將「紅線」斬斷。這一劍雖然斬斷了八成的「紅線」，其餘兩成卻纏住了魔劍。只要被綁住，就連理滅劍的力量都會被壓制。

「『二律影踏（dagudara）』。」

我踏住「紅線」的影子。

緊接著，纏住二律劍的線便粉碎四散。

「已經太遲了。我已用『紅線』將『記憶石』綁在姊姊的根源上，不論你做什麼，姊姊都將恢復成過去的姊姊。既然是姊姊的孩子，那就別來礙事，毀滅獅子啊。」

柏靈頓抬起右臂憑空一握。

隨後，像是撒滿金箔般的光芒從爸爸和媽媽身上溢出。「變化自在」因此失效，兩人的身影顯現了出來。

「媽媽想要一個安穩的家庭。破壞她的心願就是你的愛嗎？」

「一根手指就能毀滅的脆弱男人哪裡值得去愛？他要怎樣守護安穩的家庭？」

柏靈頓與我同時蹬地衝出。

我以二律劍砍向他高舉的右臂。

儘管鮮血四濺，劍刃卻被骨頭擋住了。好硬。

「不論是災禍淵姬的事，還是你是毀滅獅子的事，那個男人都一無所知。只要知道這些事情，任誰都會逃走！即使願意勇敢面對，這也不是弱者能承受的重壓！那是基於無知的愛，基於無知的安寧。像這種如履薄冰的幸福，怎麼可能是真正的幸福！」

「紅線」從柏靈頓的手臂傷口中湧出，眼看就要纏住二律劍。趁我施展「二律影踏」的瞬間，他迅速跳開並胡亂發射「災淵黑獄反撥魔彈」。

墨綠色的光芒充斥室內，影子消失。「紅線」纏住了二律劍。

「在恐懼與膽怯之下，那個男人終將會傷害姊姊，將姊姊推入地獄深淵。因為他不具有真正的愛。」

柏靈頓拉扯「紅線」，試圖奪走二律劍。

「說什麼真正的愛，還真是讓人聽了傻眼。說到底，讓媽媽成為災禍淵姬的可是你。」

「安穩的愛很脆弱。沉浸在不溫不火的和平裡，那個軟弱男人的愛究竟會多麼脆弱！唯有在墮入地獄深淵時仍舊不棄不離之人，才能散發毫無虛假的愛的光芒啊！」

柏靈頓全身散發出金粉般的魔力，使盡全力拉扯「紅線」。

「不准妨礙我——……！我一定要將姊姊帶回來！」

「抱歉，她不是拔河的獎品。」

漆黑粒子在我的手臂上形成螺旋。我踏穩腳步猛力一拉，柏靈頓的身體便被拖上空中。

「呃…………」

一顆蒼藍恆星筆直撲向被狠甩至天花板的柏靈頓。「霸彈炎魔熾重砲」直接命中，猛烈燃燒著柏靈頓，可是他揚起了一道冷笑。

「綁住了。」

金箔飛舞。

在方才這一瞬間，爸爸和媽媽被「紅線」綁住了。沿著「紅線」看去，便發現本該毀滅的杜米尼克正站在前方。

因為柏靈頓正在用「紅線」強行操控著屍體。

「姊姊，請收下這份記憶。」

從杜米尼克身上伸出的「紅線」連結至柏靈頓的胸口。他似乎打算用他根源的記憶，進一步覆蓋媽媽的記憶。

他的目的是要將露娜．亞澤農帶回來。金光沿著「紅線」竄出。

「一無所知的是你。」

一道淡然的聲音響起。

雖然無機質，那道聲音卻透露著溫暖與溫柔。

「唔……！」

爸爸和媽媽的身影就像碎裂似的消失，化作雪花。

「紅線」綁住了那堆雪花。那原來是以「創造魔眼」創造的假人。

「不論是什麼樣的地獄深淵，兩人的牽絆都不曾改變。」

雪月花在遠處飛揚起來，米夏從中顯現。在她身後，能看到將媽媽抱在懷中的爸爸。

「這就是證據。」

米夏伸手指去。

一顆極小的藍星——創星艾里亞魯出現在雪中。

「就等妳來了，米夏。做得好。」

「嗯。」

米夏微微一笑。趁柏靈頓分心之際，我已經移動到艾里亞魯旁邊。

「要看看嗎，柏靈頓？」

我抓住創星艾里亞魯。「紅線」從艾里亞魯延伸至杜米尼克的屍體，然後再連結到柏靈頓身上。

我的根源也透過「紅線」與爸爸和媽媽兩人相連。

「看看被你瞧不起的無知脆弱人類，我的父親賽里斯·波魯迪戈烏多的戰鬥。」

米夏眨了眨兩下眼。當她的神眼（眼睛）閃耀時，創星艾里亞魯便發出光芒，向在場的所有人播放起過去的影像——

§ 38 【紫色雷鳴】

在銀水聖海，這是一萬四千年前的事——

發生在創造神米里狄亞尚未誕生前，那個名字叫做艾蓮妮西亞的泡沫世界。換句話說，銀海與那個小世界之間存在不一致的時間。

對米里狄亞世界來說，這大約是七億年以上的過去。

從魔族王國拉卡法爾賽特開始，一段無法述說的愛情故事——

天空正在下雨。

聽著與平時稍有不同的聲音，露娜．亞澤農醒了過來。雲呈現從未見過的形狀，雨聲也不同以往。

「泡沫世界……」

露娜喃喃說了一句。

她認為自己已成功抵達目的地。

她把手放在染紅的腹部上。雖然衣服沾滿血汙，傷口已經癒合了。原本應該刺在身上的伊凡斯瑪那，到處都不見蹤影。

「感謝您……男爵大人……」

靈神人劍是一把能對亞澤農的毀滅獅子發揮極大威力的聖劍。

那把劍對魔族與幻獸當然也有一定的效果，卻不及對毀滅獅子的特效那麼強大。

在尚未找出懷胎鳳凰的情況下，雷布拉哈爾德無法保證一定能毀滅露娜身為災禍淵姬的宿命。

因此，他斬斷了她作為伊威澤諾居民的宿命。如此一來，懷胎鳳凰便會丟失露娜的下落，就結果來說，應該能讓她逃離身為災禍淵姬的宿命。

只要當著幻獸機關的面前假裝毀滅露娜，並讓她的火露也一併從伊威澤諾消失，杜米尼克他們也就不得不放棄。

由於進入泡沫世界是被禁止的行為，他們應該也無法偶然發現到。

至於找不到靈神人劍，是因為它不在露娜的子宮內，而是刺在「渴望災淵」上。如果露娜與「渴望災淵」的連結已被斬斷，折斷的劍身現在應該在伊威澤諾——她這樣思索著。

「……禍……姬……」

露娜猛然起身，豎耳傾聽。

令人毛骨悚然的聲音混在雨聲中傳了過來。

隨著雨一同從天而降的兩隻不定形的野獸，正是露娜一直稱為紅貓與藍貓的幻獸。

「不要……走……」

「……災禍……淵姬……」

兩隻野獸化為貓形轉過頭來。

露娜警戒起來。

雨珠順著她的頭髮滴落。

「該怎麼辦……？」

正因為牠們是不具實體的幻獸，才能避開帕布羅赫塔拉的監視，追到這裡來吧。

就如同柏靈頓所說的，這兩隻幻獸具有依存的渴望。

牠們無疑是對露娜產生了依存，一路追到這裡來。假如牠們就此留下，倒是沒什麼問題，可是無法保證這種依存會一直持續下去。

不能讓牠們回去伊威澤諾。這或許是她的祖父杜米尼克的計謀。透過讓藍貓與紅貓對露娜產生依存，以便萬一她逃到某處，也能找出她的下落。

「過來，小藍貓、小紅貓……我們一起在這裡生活吧，好嗎？」

露娜向兩隻幻獸伸出手。就在這時——

忽然傳來腳步聲。

當她回過頭，看到了一群武裝的人類。

「……魔族的女人……」

「不是那些傢伙嗎？」

「不，她的魔力異於常人，並非尋常之輩。」

一名手持聖劍的男人走了出來。

「我是艾維斯豐的勇者，名叫艾爾文。我問妳，魔族的女人，妳是誰？該不會是幻名騎士團的一員吧？」

當勇者艾爾文這樣報上名來時，藍貓與紅貓的魔眼（眼睛）便閃爍起奇異的光芒。

「……快逃……！」

露娜大叫。轉瞬間，藍貓與紅貓才剛突然融化成泥狀，便以不定形的身體襲向艾爾文。

然而他毫無反應。

因為看不見。

他們的魔眼（眼睛）並不具備能看見幻獸的力量。

「唔咕……呃、啊啊…………」

藍貓與紅貓的泥狀身體，像是要侵入艾爾文體內似的不斷湧入。

「艾爾文大人……！」

「您怎麼了！到底發生什麼事了？」

「……是這個女人做的嗎…………！」

正當其餘三名戰士對著露娜舉劍的瞬間，艾爾文朝他們揮出聖劍。

「什麼，艾爾文——」

這一擊消除了聲音。不祥的魔力吞噬了戰士們，將他們灰飛煙滅。

大地被劇烈撕裂，後方的樹木也被盡數砍倒。這明顯超出了泡沫世界人類的魔力。

「……獲得……肉體了………？」

露娜驚訝地吐露出這句話。

「……他們跟海馮利亞的狩獵貴族一樣……是餌食靈杯嗎……？」

幻獸儘管能附在生物上，卻絕對無法隨心所欲地操控其身體。

因為牠們無法獲得肉體。

至於無法獲得的理由，則是由於生物能以渴望來對抗渴望。可是在眾多的小世界中，也存在極度缺乏渴望的種族。海馮利亞的狩獵貴族即是如此。

以下級幻獸為主，約有六成的幻獸會從內側吞噬他們的根源，藉此占據其肉體，並開始具備明確的意志。因為牠們能獲得那具肉體。適合幻獸的這種容器，在伊威澤諾被稱為餌食靈杯，許多幻獸都偏好襲擊並吞食他們。

當然，能承受幻獸的容器很少，這些肉體只要數個月後便會毀滅消失。然而嘗過餌食靈杯滋味的幻獸，會開始強烈渴望下一個肉體。這種餌食靈杯與幻獸的關係，即是伊威澤諾與海馮利亞長年爭鬥的開端。

「……不要……走……」

一瞬間，艾爾文移動到露娜的眼前。

藍貓與紅貓兩隻幻獸已將這名勇者作為餌食靈杯，獲得了肉體。這個男人已不再是艾爾文了。

「殺了妳……成為我的東西……！」

連聖劍也遭到汙染，現在已變得與魔劍無異。藍貓紅貓以那把不祥的劍，砍向了露娜的腹部。

「……呀啊……！」

鮮血隨著慘叫濺起，魔劍「啪嚓」一聲折斷。

劍身被吞進了她的子宮內部。露娜被砍中的力道擊飛，在地上彈跳數次後，仰倒在一個水窪裡。

「殺了妳……」

藍貓和紅貓撿起人類戰士掉落在地的聖劍，對其注入龐大的魔力，並朝著倒下的露娜高舉起來。

然而她愣住了。

「…………騙人…………」

儘管很微弱，露娜確實感受到了子宮內部的「渴望災淵」。

耳邊響起故鄉的聲音。

她應該已經不再是伊威澤諾的居民了。可是雨依舊未止，仰躺在水窪裡的她被無止盡的雨不斷撲打。

「殺了……妳……！」

劍染上渴望，化為魔劍後被投向露娜。還來不及反應，劍就迅速飛向了她，鮮紅血液濡溼露娜的臉頰。

不過她一點也不痛。

因為一名魔族擋在前方，讓劍刺穿他的掌心，接住了那把魔劍。

他帶有一頭紫髮，以及染成滅紫色的魔眼（眼睛）。

是一名穿著大衣的男人。

「……是誰……？」

「亡靈不需要名字。」

早在他答覆之前，獲得人類肉體的藍貓和紅貓就突然衝了過來。

男人就像要進行拔刀術一樣，將手中的萬雷劍高多迪門收進作為劍鞘的魔法陣中。

「可是，即將前往冥府之人就至少記住這個名字吧。我乃幻名騎士團團長（伊希斯）——」

「……快逃……！這個世界的居民打不倒幻獸——」

密布的烏雲落下紫電，劈在魔法陣的劍鞘上。帶電的那把魔劍散發出的魔力，達到了「滅盡十紫電界雷劍（rabuia neorudo garubuarizuen）」級，不對——是在那之上。

萬雷劍，祕奧之十——「滅刃雷火」。

「滅殺劍王蓋鐵萊布特。」

他從衝來的勇者艾爾文身旁穿過，以拔出魔法陣劍鞘的萬雷劍揮出一劍。電擊竄上傷口。

僅在斬傷部位流竄的毀滅閃電，瞬間將勇者艾爾文的身體毀滅殆盡。身上纏繞著劈啪作響的紫電，那個男人——賽里斯・波魯迪戈烏多緩緩轉身。

「真是奇妙的魔力。女人，妳叫做什麼名字？」

她一時之間無法回答。

不祥的聲音停止了。

雨還在下。

她卻已經聽不見雨聲了。

一道更大、更磅礡的聲響響徹了她的全身。

於是，仍坐在地上的露娜抬頭看向那個男人的臉。

伊威澤諾並不是不會打雷。

在雨天連綿不絕的災淵世界，這是理所當然的災害。

即使如此，此時此刻，她有生以來第一次看到彷彿閃光般的耀眼紫電。

又大又無盡地響個不停。

紫色的雷鳴遠遠地對著心臟響徹開來——

§ 39 【在渴望的推動下】

「啊……」

露娜不禁出聲。

雖然艾爾文的身體已經消滅，體內的幻獸——藍貓與紅貓並未毀滅。散開的光芒聚集起來，兩隻幻獸再度形成貓的模樣。

「精靈？不對，是不同的東西。」

賽里斯的魔眼（眼睛）竄過紫電。他確實捕捉到了原本不應存在於泡沫世界的幻獸，以萬雷劍將兩隻斬斷。

然而，不具備實體的藍貓與紅貓無法毀滅。當散開的兩隻幻獸變成泥狀後，隨即纏住賽里斯的身體要附在他身上。

「危險！」

露娜急忙站起，正要揮手撥開兩隻幻獸，卻突然停下動作。因為那男人毫無被附身的跡象，一副若無其事的樣子。

「……咦？」

即使身為災禍淵姬的露娜用魔眼（眼睛）觀看，也無法從他身上感受到絲毫渴望。然而，幻獸之所以無法靠近他，或許是他具有堅定不移的強烈意志。

「女人，妳知道這是什麼嗎？」

露娜一臉困惑地回答：

「……那個，小藍貓與小紅貓是幻獸。雖然牠們不是什麼壞孩子，可能被祖父大人利用了也說不定……」

露娜不得要領地說明，同時伸出手。於是，藍貓與紅貓再度變成貓的模樣，輕輕地依偎在她身上。

看到牠們願意聽話，露娜撫胸鬆了口氣。

「雖然讓牠們回到故鄉會有大麻煩，我還是希望能夠幫助牠們。」

露娜將兩隻貓緊緊擁在懷中，並且看向賽里斯。

「你能放過牠們嗎……？」

「竟然想收留攻擊自己的野獸，真是愚蠢的女人。」

這句話狠狠刺痛了她的心。

災禍淵姬的宿命並未被斬斷。露娜也很清楚這是愚蠢的行為。

「……說得也是呢……」

露娜眼神黯淡地低下頭。

「這是個弱肉強食的世界。人人都在排隊前往冥府，等著輪到自己。要是連敵人都不忍下手，下一個就會輪到妳。」

男人的話讓露娜理解到，這個泡沫世界有多麼殘酷。

她事先早有預料，秩序沒有取得平衡的小世界會動盪不安。死亡蔓延，一切的生命會隨著世界邁向滅亡。就算伊威澤諾的追兵不會追來，這裡也絕不是什麼樂園。

「…………不過……」

因此她這麼說：

「……我覺得到時的事，就到時再說吧……」

賽里斯板著臉，投來銳利的眼神。

他一句話也沒說。然而他的眼神讓露娜覺得他彷彿在問：「妳在自尋死路嗎？」

「畢竟人總有一天會死。」

在這麼說完，賽里斯微微挑起眉毛。

「……僅僅為了活著而活，我想這真的算活著嗎……所以……雖然無法好好表達……我討厭這樣……」

迅如閃電般的魔劍刺出。等露娜意識到時，萬雷劍的劍尖已抵住了她的喉嚨。

「儘管擁有應盡之事，仍然感情用事嗎？妳真是愚蠢呢，女人。這世上沒有一切盡如己意的理想鄉。愚者的下場將是無意義的死亡。」

毫不留情的語氣，以及殺氣騰騰的眼神。雖然遭到賽里斯警告，她卻一步也不退讓，反而向他笑了。

「這想必就是我的生活方式。」

「那就去死吧，笨蛋。」

露娜緊緊閉上眼睛。

賽里斯畫出魔法陣，將萬雷劍收入其中心。他緩緩地轉身離開。

「呃……那個……？」

露娜感到不知所措。

這時，不知從何處傳來了聲音。

「請放心，看來團長很中意妳。」

一名魔族男子解除「幻影擬態（raineru）」與「隱匿魔力（najira）」現身。他手上的魔槍是緋髓愴迪爾芬修坦，是一把以骸骨打造而成的長槍。

「……他剛才要我去死……還罵我是笨蛋……？」

「有趣的女人，我很中意妳——希望妳能理解為這種程度的意思。」

男人這樣說。

他的外貌與伊杰司有些相似，卻有著不同的氛圍，帶著一種豁達的表情。他的根源確實是伊杰司的，然而他給人一種比伊杰司更深不可測的感覺。最明顯的地方莫過於那把魔槍散發出的魔力非比尋常。

「一號（杰夫），廢話少說。」

「遵命。」

面對賽里斯的指示，一號一本正經地回應。

「要怎麼處理呢？那兩隻叫做幻獸的貓看來會在奪取人類的身體後變得凶暴……？」

「給牠們戴上項圈。」

賽里斯抬頭仰望天空。

「時間已到。祂要來了。」

就在他這麼開口的瞬間——

光芒穿透厚實的雨雲，將雲層一分為二。白晝化為黑夜，天空中出現「創造之月」亞蒂艾路托諾亞。

寂靜籠罩整個世界。在這個瞬間，可以感覺到時間彷彿停止了一般。

雪月花翩翩飄落，一名女性伴隨著月光降臨。祂將白銀色的長髮挽於右側，是名帶著柔和神情的神族——創造神艾蓮妮西亞。

「久違了，最後的波魯迪戈烏多。」

祂的聲音靜謐落下，宛如一道悅耳的鈴鐺聲。

「你的心意如何？」

艾蓮妮西亞優雅地詢問並接著說：

「你願意與我締結盟約，作為不適任者參與選定審判，為維護世界的秩序而戰嗎？還是要像以往一樣，繼續消滅神族呢？我想聽聽你的答覆。」

「幻獸是什麼？」

賽里斯的問題似乎讓艾蓮妮西亞感到措手不及，祂陷入沉默。

「就是那些貓。」

祂將視線轉向藍貓與紅貓。定睛窺看深淵後，艾蓮妮西亞回答：

「牠們不是我創造的生物，而是人為創造的。似乎是精靈發生了變化。」

「牠們不具實體，會以人類的身體為容器被創造出來。」

艾蓮妮西亞點了點頭。

祂優雅地舉起雙掌，釋放出雪月花。

祂以創造的權能構築出貓的身體。當那容器展現出各種魔力變化後，藍貓與紅貓便開始表現出興趣，逐漸靠近。

「牠們並非傳聞與傳承，而是心。一顆飢渴的心。」

艾蓮妮西亞似乎看穿易於幻獸附身的容器特性，創造出一隻藍色和一隻紅色皮毛的貓。

隨後藍貓和紅貓便有如泥巴般崩塌，將那個貓的容器作為餌食靈杯吞噬。牠們立刻暴露出其渴望，怒視露娜。

「災禍……淵——」

「『羈束項圈夢現（nedoneriazu）』。」

賽里斯迅速為兩隻貓戴上漆黑項圈。正要放縱渴望大鬧的兩隻貓突然一頭栽在地上，沉睡不起。

這是因為他利用「羈束項圈夢現」讓牠們陷入夢境了。既然已經獲得肉體，大概也無法逃離夢境了吧。

「…………」

露娜不發一語，只是目不轉睛地看著他。

不論是能輕易創造出餌食靈杯的創造神，還是能輕鬆讓獲得肉體的幻獸陷入沉睡的他，實力都非比尋常。

淺層世界的魔族幾乎不可能辦得到這些事情。雖然這裡是泡沫世界，他卻擁有不遜於深層世界居民的力量。

這個世界說不定正在瀕臨毀滅。瀕臨毀滅的根源會增強力量，同理可證，瀕臨毀滅的泡沫會在即將破裂之前發出最後的光輝，孕育出擁有超凡力量的人——

「我再次詢問你。」

艾蓮妮西亞問：

「你的答覆如何？」

「我有個條件。」

「什麼條件？」

賽里斯將魔力聚集在指尖上，在眼前畫出一個魔法術式。

他使出「轉生（shirika）」，可是術式的細節與米里狄亞世界的相比有些微的差異。那個術式尚未完成。

「協助我完成『轉生』。」

艾蓮妮西亞一臉悲傷地注視著魔法術式，接著以相同的眼神看向賽里斯的臉。

之後祂輕聲說：

「……最後的波魯迪戈烏多，請聽我說。你擁有強大的毀滅根源，這股力量甚至超越了我們這些作為秩序的神族。儘管如此，就算是被稱為不適任者的你，也無法實現這種奇蹟。不論是誰，死亡即是終點。」

沒錯，也就是說，這個世界還不存在轉生。

「理由之一，這個世界並未被創造得如此溫柔。理由之二，這個魔法需要比你更能干涉秩序的不適任者。理由之三，你已經沒剩下多少時間了。」

「我不會再說第二次。」

賽里斯以帶著紫電的堅定眼神說：

「協助我，創造神。還沒結束。即使此身腐朽死去，戰鬥也會繼續下去。我所伸出的這隻手，將會是下一場死鬥的可能性。」

那是有如閃電般熾烈的話語。

「其可能性會代代傳承下去，最終一定會實現。會對這個世界的愚蠢秩序打下楔子，成為毀滅的前兆。」

「你是最後的波魯迪戈烏多，不會有下一次了。」

艾蓮妮西亞直截了當地說出事實。

他的終結已近。波魯迪戈烏多的毀滅根源，其力量正日復一日地侵蝕著自己，還能抑制的時日已所剩無幾。

「直到將這個愚蠢的世界毀滅為止，亡靈都不會死。」

露娜不太明白他們兩人在談論什麼。

她唯一明白的是「不適任者」這個詞彙。背負著敗北的宿命，反抗世界的常理之人。可是那男人和她至今聽說的不適任者，總覺得印象有些不太一樣。

銀水聖海流傳不適任者是會擾亂秩序，成為世界仇敵的存在。他們命中注定會敗給主神與適任者，應該是純粹的邪惡。

儘管如此——

眼前的男人卻用無比直率的眼神，注視著這個世界遙遠的未來。

「我想要留下『轉生』。這個魔法會為與持續跟這個愚蠢世界戰鬥的亡靈帶來勝利。艾蓮妮西亞，如果祢相信我，我就與祢締結盟約。」

艾蓮妮西亞一度垂下視線。然後，祂再度直視賽里斯說：

「我會相信你的勝利，成為你的神，最後的波魯迪戈烏多。請為這個地上帶來神所無法實現的奇蹟。」

賽里斯的手指上出現選定盟珠，同時燃起火焰。

「請隨時呼喚我。只要施展『神座天門選定召喚(guara nae fuorilteosu)』，我便能降臨到地上。」

月光落在艾蓮妮西亞身上。當祂變得透明，「創造之月」便逐漸消失，黑夜開始恢復成白晝。

當太陽再度照亮此地時，艾蓮妮西亞已不見蹤影。

「走吧。」

賽里斯立刻邁步離去，一號默默跟隨在後。

「啊，請、請等一下……！」

在思考之前，話語便已經脫口而出。

露娜拚命想著該如何解釋。

「那個……我……那個……無依無靠，突然迷失到這個地方，分不清楚東西南北……」

賽里斯與一號沒理會她，立刻跑開。兩人轉眼間便跑得不見人影，露娜連忙追了上去。

她迅速撿起在地上沉睡的藍貓與紅貓，抱在懷中跑著。或許她應該去找一處更為平靜的棲身之地，可是她不知為何跑了起來。

自身的渴望強烈地向她吶喊。

吶喊著不能離開他。

「不好意思，請等一下，最後的波魯迪戈烏多先生！」

賽里斯與一號施展「隱匿魔力」與「幻影擬態」隱藏身影。

可是深層世界出身的露娜能夠追上兩人的行蹤。本以為能輕鬆擺脫她的一號露出意外的表情回頭看她。

「她不是一般的魔族呢。似乎有什麼內情的樣子？」

賽里斯默不作聲，更加地加快了腳步。他們從一座懸崖跳到另一座懸崖上，穿越魔力場紊亂的地帶。

露娜拚命地追趕兩人。雖然她的體能不怎麼好，自從來到這個世界以後，身體就變得異常輕盈。大概是因為這裡是泡沫世界吧。

賽里斯與一號施展「飛行」飛越狂風大作的懸崖下。露娜也當場施展「飛行」追去，但是就在這時，她的耳邊響起了水聲。

子宮內傳來微弱的聲音。因為她過度使用魔力，使得她幾乎要與「渴望災淵」連結了。

她急忙壓抑那股力量，「飛行」卻在這一瞬間中斷，讓她頭下腳上地逐漸向下墜落。

看起來控制不住災禍之胎了——正當她作好猛烈撞上地面的覺悟時，有人突然用力拉住她的手臂。

賽里斯將露娜拉了起來。從她懷中落下的兩隻貓，也施展「飛行」讓牠們飄浮起來。

「妳的腹部被什麼寄生了？」

他大概是感覺到異常，以魔眼（眼睛）窺看露娜的深淵。

「……不，這個……不是那樣的……」

正當露娜猶豫著該如何解釋時，他率先開口說：

「妳會烤麵包嗎？」

「咦……？」

「我這裡團員很多，人手不足。」

經過數秒的沉默。

露娜或許終於明白他的意思，露出滿面的笑容。

「是的，我的新娘修行做得很好喔！」

賽里斯至今一直板著臉孔，在聽到她的回答後當場愣住。

遠方的一號笑了出來。

§ 40 【亡靈不語】

一個月後，魔族王國拉卡法爾賽特——

巴爾法巴山的斷崖上，有一座以魔法隱藏的幻名騎士團聚落。

住所是簡樸的石造建築，屋內只擺放床鋪，缺乏生活氣息，簡直就像一座廢棄的村落。

在這樣的聚落中心，柴火正熊熊燃燒，一口大鍋發出「咕嘟咕嘟」的煮沸聲響。豬肉與香草的香味隨著熱氣飄散，光是聞著就讓人垂涎三尺、食指大動。

「來，請用。多吃點喔。」

露娜用木湯勺舀起豬肉香草湯，盛入幻名騎士們的深盤。

「公主，這邊也來一碗。」

「好的，二號（艾德）。一直以來辛苦你了。」

露娜穿著圍裙抱著小鍋，一一分配熱湯。

「三號（傑諾），再來一碗吧。我幫你挑掉你討厭的胡蘿蔔了。」

「亡靈沒有喜好。」

露娜一面盛著挑掉胡蘿蔔的湯，一面呵呵笑了笑。

「就算你這麼說，喜好也全都寫在臉上了喔。」

「……」

三號默默喝著湯，然後將黑麵包塞進嘴裡。

此時的拉卡法爾賽特難以取得品質良好的食材。土壤貧瘠且黑麥的營養不足，即使做成麵包也淡而無味。豬肉也大都很硬。

即使如此，只要經過露娜的巧手，便能立刻變成美味的麵包與湯品。雖然黑麵包很硬，卻能充分嘗到黑麥的美味；豬肉則被燉得軟嫩，入口即化。

幻名騎士們一直以來只懂得磨練戰鬥技術，並不知道多少調理方式。多虧了露娜，他們享受到久違的正常飲食。

「完全變了個樣呢。」

四號（傑特）說。

「的確。」

五號（巴爾德）站在他旁邊，一邊啃著麵包。

「不過並不壞。」

「是啊。」

露娜走近穿插著三言兩語用餐的兩人。

「又在用餐時偷偷講悄悄話嗎？」

露娜帶著不滿瞪著四號與五號。

「算不上悄悄話啦……」

「那麼是什麼？」

露娜突然靠近，把兩人嚇得措手不及。

他們是只會投身於戰亂中的亡靈。即使在這個時代、這個艾蓮妮西亞世界裡，幻名騎士團的作為也跟兩千年前毫無差別。

他們的戰鬥早在遙遠的前世就開始了。拋棄感情、捨棄人心，扮演死去的亡靈，為了拯救多數而犧牲少數。這是一場永遠不會被他人理解，只會一味地受到恐懼的戰鬥生涯。而露娜對此並不知情。

「我們在說自從公主來了之後，彷彿產生了希望一般。」

「希望？」

露娜困惑地歪著頭。

「我們一直持續著一場漫長的戰鬥。在這場永無止盡的戰鬥中，妳讓我們彷彿看到了一線希望。」

「我只有幫忙做飯喔？對這個國家的事也一無所知耶。」

說完五號笑了。他也很久沒有像這樣露出開朗的笑容。

「就是這樣才好。」

露娜一副聽不懂的樣子再度歪著頭。

魔族王國正處於戰亂之中。人類、精靈、龍人，最後甚至連神族也加入戰局，以至於戰爭越演越烈。

幻名騎士團已經看到這場戰鬥的終局。

那就是毀滅。眾生死絕，萬物湮滅。即使跨越越演越烈的戰爭，這個世界也可能來日不多了。

憎恨累積得太多，人們變得太過強大。一旦艾蓮妮西亞世界各國的諸王使出全力，當地的居民便會輕易死去。只要他們全力衝突，甚至可能會毀滅世界。

因此，他們至今一直在避免衝突。然而，他們之間存在無法退讓的事物，最重要的是他們彼此憎恨。諸王的衝突日復一日地變得難以避免。

即使奮戰到底，即使贏得勝利，也無法保全一切。死鬥的盡頭只有絕望。儘管明白，卻也已經無人能阻止。

在這種局勢下，對世事一無所知、到處笑臉迎人的露娜，對他們來說是微笑的希望。

即使那是在巨大絕望中看到的微弱燈火。

「五號總是不肯好好回答我。算了，我要去問一號。」

於是四號從喉嚨發出咯咯笑聲。

「妳觀察得很好。」

「他確實是我們當中口風最鬆的。」

「要再一碗嗎？」

「「要。」」

兩人齊聲說。

露娜再度將熱湯盛入深盤裡。

「……那麼，我就去看看吧……」

露娜抱著鍋子轉身離開。

「……今天一定要讓那個人吃下去……」

露娜彷彿下定決心般「嗯」的一聲點了點頭，同時稍微加快步伐地離開。

五號看著她離去的背影說：

「團長帶公主回來時，老實說我很驚訝。」

「這是一場只會不斷失去的戰鬥。那位大人或許也想在最後留下什麼吧。」

露娜來到聚落一角的洞穴裡。洞穴深處有一扇以魔法創造的堅固門扇，門前站著手持長槍的一號。他就像門衛一樣，總是站在這裡。

「一號，辛苦了。你要喝湯和吃麵包吧？今天獵到了豬肉喔。」

「謝謝。」

當一號從魔法陣中取出深盤，露娜便將熱湯盛入盤中。她從圍裙的大口袋裡拿出黑麵包遞給他。

一號用魔法讓深盤飄浮，啃著黑麵包。

「那個，我想帶去給他……？」

露娜戰戰兢兢地窺看一號的反應。

「畢竟你也知道嘛，他已經快一個月什麼都沒吃了吧？我想他肯定餓了。而且他也沒什麼精神。」

自從受到幻名騎士團照顧後，露娜每天都會幫忙煮飯。

然而賽里斯只有最初時吃過一次，之後就再也沒吃過她的料理。露娜反省，也許是伊威澤諾的調味不合他的胃口。

為了下次能讓賽里斯開心用餐，她研究了拉卡法爾賽特的食材與調味料，拚命地做足了工夫。

如今她總算滿意味道了，所以信心十足。一想到自己的料理能讓那張不苟言笑的臉露出笑容，就讓她不禁非常期待。

「我覺得今天煮得很好，所以……」

「他出門了。」

「啊……是這樣啊……」

露娜失落地垂下肩膀。

剛剛還很興奮的情緒一下子冷卻下來。

「他是去見那個女孩子嗎……？」

「女孩子？」

「神族的，那個，艾蓮妮西亞小姐……」

聽到這句話，一號瞇起眼睛。

「我沒聽說，但也許是吧。」

光是想像賽里斯與艾蓮妮西亞在一起的畫面，露娜的心情就更加沉重了。

見她這樣，一號笑了出來。

「公主對團長有好感嗎？」

「咦？啊，不、不是這樣，那個，我不太清楚有好感是什麼感覺。」

露娜害羞地低下頭說：

「……我看起來……像那樣嗎？」

「是啊。」

一號直接回答，讓她的心跳得好快。

賽里斯的臉在腦海中浮現。

「我還不太清楚……可是或許曾經想過……他要是我的命定之人就好了……不過，他如果和艾蓮妮西亞小姐在交往——？」

「我應該說過不准靠近這裡。」

露娜嚇了一跳似的轉頭看去。

賽里斯就站在她的背後。

「啊……你、你聽到了……？」

賽里斯瞥了她一眼，沒有回答問題，而是逕自走向門。

「有什麼事？」

「……那個，呃……呃……我帶了湯過來……！」

露娜滿面笑容地展現她的鍋子。

「我今天煮得很好吃，想說這樣的話你應該會吃。畢竟你最近都沒吃飯吧？已經二十四天了吧？不吃飯會提不起精神來，我很擔心你。雖然你很忙也說不定，我覺得你至少還是得抽出時間來吃飯比較好。」

每當面對賽里斯時，露娜就會緊張起來。她為了掩飾緊張，滔滔不絕地說出這些話。

然而他什麼也沒說，總是這樣。只是用銳利的眼神盯著她，一句話也不說。所以，露娜並不太清楚他的想法。

「那個……你覺得怎麼樣？要是你能多提一點意見，我想自己就會懂……像是你喜歡吃什麼，希望我怎麼做等等……」

「無聊。」

露娜的表情變得像是被潑了一盆冷水似的。

「亡靈不語。妳就當我是在徘徊的死人。」

留下這句話，賽里斯便消失在門後了。

露娜再度感到失落。不論怎麼想，賽里斯大概都不對她抱持好感。可是即使如此，每當被他那鮮明的眼睛凝視，露娜便會忘了呼吸。

露娜深切地想要知道他內心的想法。縱然被這樣冷淡對待還忍不住這麼想，應該是很奇怪的一件事，但她就是無法阻止這份感情。露娜心想，在被靈神人劍砍中後，自己該不會變得有點不正常了吧？

「……他討厭我嗎……？」

「不一定吧？」

一號立刻說。即使如此，他也沒明確表示露娜未被討厭。

「可是，他對我很冷淡……」

「團長方才也說了吧？亡靈不語——我們的話語沒有意義。假如想理解我們，只能靠觀察和推測了吧。」

露娜一副聽不懂的樣子陷入煩惱。

「可是，他和艾蓮妮西亞小姐的話就很多。我的湯他則連一口也不願意喝……」

「她是合謀對象。至少，在這裡的活人只有妳。雖然團長連湯也不喝，他卻接納了妳。妳就想想這代表什麼意思如何？」

「……可是，如果不好好說清楚，就不會知道真正的心情……」

露娜注視鍋內低聲咕噥。

「……要怎麼做，他才願意說呢……」

露娜邊說邊思索。

可是一點也無法理解。

她抬起頭，看向正在啃著黑麵包的男人。

「欸，一號，你們為什麼要自稱亡靈呢？畢竟大家都還活著呀。此外還老是隱瞞事情，在這種杳無人煙的地方過著像隱居者一樣的生活，偶爾還會參與戰爭，不覺得很奇怪嗎？」

「或許是這樣吧。」

一號這樣回答。他的表情也跟其他幻名騎士們一樣，彷彿喪失了感情。

「你們不是真的想成為亡靈吧？既然如此，為什麼要做這種事呢？」

「即使如此，我們也依舊是亡靈喔。」

跟她問其他人時的回答一樣。露娜心想，果然他也不肯告訴她。

「……對不起。要是留在這裡，也會害一號被罵，我回去了。」

露娜拖著沉重的腳步，抱著鍋子回去了。

一號對著她的背影說：

「公主，動作最好快一點。亡靈是不知何時會消失的存在。就算一直等待，情況也不可能好轉。」

「這是什麼意思？」

「只是自言自語罷了。」

一號笑著揮了揮手。

「……都不願意跟我說……」

露娜走出洞穴，一面心不在焉地走著，一面思考著他方才說的話。

就算要她「動作最好快一點」，她也不知道該怎麼做才好。

他什麼也不說。

也不知道他是否就是自己的命定之人。

而且，她也有不能急於一時的內情，也就是亞澤農的毀滅獅子。結果靈神人劍也沒有斬斷這個宿命。

即使他是命定之人，即使兩人心意相通，他們也不能生下孩子。

她是災禍淵姬。距離實現夢想還遙遙無期，目前就連一絲線索都沒有。

明明是這樣——

明明一直告訴自己還不行——

然而這是為什麼呢？

光是想像起未來的家庭生活，嘴角就會忍不住揚起。

§ 41 【為亡靈獻上真心】

公主露出一臉困惑的表情。

那個骸骨這麼說了。

「……吻……我……」

公主猶豫不決。儘管如此，她漸漸覺得那個骸骨很惹人憐愛。

她鼓起勇氣，在骸骨的臉頰上吻了一下。

隨後，發生了什麼事呢？

骸骨被光芒籠罩，眼看著迅速變了一個模樣。

當她回過神來，眼前站著一位金髮藍眼的王子。

他說：

「謝謝妳。多虧妳，詛咒解除了，讓我取回了人心。」

——當書本「砰」的一聲闔上時，露娜便猛然抬頭。

「……就是這樣……！」

她就像突然想到什麼，從床鋪上爬起來。

現在已是深夜。在月光的照耀下，露娜跑進一棟設有石窯的屋子裡。

她立刻開始準備煮湯和烤麵包。

她方才讀的是一本古老的童話故事書。一名被邪惡魔女詛咒、淪為可怕骸骨的王子，因公主的吻而獲得拯救。曾是怪物的王子取回人心，救助了誤入洞窟的公主。

相愛的兩人從此過著幸福快樂的生活。

露娜心想，就跟她方才讀的童話一樣。

幻名騎士團遠離人煙，過著宛如亡靈一般的生活。他們明明沒有真的失去人心，卻表現得像是捨棄了人心一般——彷彿被詛咒一樣。

然而，如果他們真的是被詛咒的亡靈，那麼只要解開詛咒就好。只要他們取回人心，一定也能問出那個人的名字。

他們或許會告訴我更多事情，應該也能一起愉快地聊天。這樣一來，也許就能清楚知道這是否為命運了。

即使露娜作為災禍淵姬的宿命並不會因此消失，但她相信兩人的愛情若是命運，就一定能共度難關。

就像那篇童話故事一樣，取回人心的王子會拯救公主。

「嗯，煮得很好。」

當煮好了湯、烤好了麵包之後，她便帶著它們衝出屋外。露娜就像被衝動驅使一樣跑向洞穴。

他還醒著嗎？要先跟他說什麼呢？

當她一面想著這些，一面走進洞穴深處時，就看到一號站在門前。

連這種深夜時分，他都還在守門的樣子。當他注意到露娜後，他看著她抱著一個鍋子的模樣露出疑惑的表情。

「怎麼了嗎？」

「那個……我想到了一個好主意……覺得就像一號說的，如果要採取行動，動作最好快一點，所以……」

露娜將視線投向門的後方。

「我想見他，不過他還醒著嗎……？」

「他吩咐我不准讓任何人進去。」

和他嘴上說的相反，一號反而笑了。然後，他以長槍柄推開門。

「……可以嗎？」

「這是亡靈的一時興起，但希望妳能幫我好好地敷衍過去。」

「謝謝你！」

向他道謝後，露娜走進門後。

門後光線昏暗，絲毫感受不到人的氣息。她在黑暗中用魔眼（眼睛）四處張望，向深處走去。

「一號怎麼了？」

有人突然向露娜搭話，嚇得她身體輕顫。

賽里斯就在黑暗的另一頭。他似乎正在固定魔法陣上進行魔法研究。

「那個……他好像感到貧血，下去休息了……」

「那傢伙的血無窮無盡，不可能會貧血。」

「啊——……」

露娜在心裡向他道歉：「抱歉，一號，事情敗露了。」

既然如此，再裝下去也沒用。露娜一跑向賽里斯，便滿面笑容地向他展示鍋子。

「我帶湯來了！」

「放著就好。」

即使被冷淡對待，露娜仍舊不氣餒地說：

「還有麵包！今天是黑麥麵包。雖然有點硬，很好吃喔。」

「放著就好。」

面對他冷漠的話語，露娜仍然繼續保持笑容。

今天她一步也不會退讓。因為要幫他解除亡靈的詛咒。為了這個目的，總之不論如何都要讓他吃下自己做的料理。

沒問題。我的真心一定傳達得出去。

「豬肉煮得很好吃，大家也都讚不絕口。你最近完全沒吃東西吧？快吃吧。」

「放著就──」

就是現在！她突然將黑麵包塞進賽里斯的嘴裡。

「好吃嗎？」

賽里斯咬著麵包，臉上露出吃驚的表情。

遠處隱約傳來一道壓抑的笑聲。大概是一號發出的。

「…………」

賽里斯默默咬斷麵包，把塞不進嘴裡的部分拿在手上。

露娜迅速握緊湯匙。她的魔眼閃爍著光芒，明顯散發出一股彷彿要趁他嚥下麵包的瞬間，隨即將熱湯塞進他嘴裡的氣魄。

「……確實有點餓了。」

賽里斯有點傻眼地這麼說著，經由「創造建築」的魔法，準備了一張桌子和兩張椅子。

「坐下。」

「嗯！」

成功了。傳達到了。我的真心傳達給他了。露娜十分開心，露出滿面笑容。

她愉快地畫出魔法陣，將湯盛入從中取出的深盤裡，並將黑麵包放在平盤上。

「看來妳適應得很好。」

「幻名騎士團嗎？嗯！因為大家都是好人嘛。不過大家都不用名字稱呼，讓我覺得有點怪。一號、二號、三號在這個世界的語言中，是數字的一、二、三吧？」

當露娜滔滔不絕地說著時，賽里斯的眼神變得銳利。

「這個世界？」

「啊……那個，因為我就像來自其他世界的人……」

泡沫世界沒有主神，無法察覺到外側的世界。露娜也無法靠自己的力量離開這個艾蓮妮西亞世界。

即使向他解釋銀水聖海或伊威澤諾的事，很可能也只會被當成腦袋有問題的女人。露娜猶豫該怎麼向他說。

「呃……那個，結婚的時候，不會很不方便嗎？要是不知道名字……」

她決定硬著頭皮轉移話題。

「無名、無欲，我們只是在這世上徘徊。」

這是從他口中聽過好幾次的回答。可是不論怎麼想，都還是不覺得他們這麼做能夠獲得幸福。

「那個，你為什麼會成為亡靈呢？」

「沒有理由。」

「你騙人。畢竟當亡靈一點也不快樂吧？不能做自己想做的事，就算遇到喜歡的人也不能結婚。這樣豈不是都不知道自己究竟是為了什麼而活嗎？」

賽里斯默不作聲。他只是吃著麵包，喝著湯。

露娜心想她不會輸。

「……我為什麼不是數字，而是被稱為公主呢……？」

「因為妳是無法相容的存在。」

他的這句話刺痛露娜的心。她感覺到強烈的疏離感。

「……我想成為大家的一分子……」

「妳的腹部沉睡著一股難以名狀的力量。」

賽里斯在魔眼（眼睛）竄起紫電，窺看露娜的深淵。

「那是施加在妳孩子身上的一種詛咒嗎？」

她從未透露過任何事情。

他卻能將災禍淵姬的祕密看得如此透徹。露娜難掩心中的驚訝。

「……你也許覺得這樣很可笑，認為我在說謊……」

她覺得不能再隱瞞這件事了。如果想以真心相待，就不能隱瞞對自己不利的事。

「……我會生下毀滅世界的不祥之子。這據說是我的命運……」

露娜未提及災淵世界與亞澤農的毀滅獅子，向賽里斯坦承了自己的宿命。她不確定他會相信多少，要是他真的相信了，露娜覺得他可能會不由自主地疏離自己。

然而，賽里斯的回答出乎她的意料。

「即使如此，妳也還是渴望幸福，渴望有自己的孩子吧？」

她猶豫了一下，最終還是點了點頭。

「……嗯。」

真是不可思議。

他總是那麼冷漠。即使如此，明明露娜什麼也沒說，兩人也沒有太多交流，她卻感覺到賽里斯似乎在努力理解她。

「那種私欲是我們早已捨棄的感情。只要妳心中仍舊懷抱渴望，就不可能成為亡靈，終究會疏離我們，對我們避而遠之吧。」

賽里斯從指尖發出紫電，點亮洞穴裡的蠟燭。他站起身，將視線轉向燈火所圍繞的中央。那裡畫著一道魔法陣。

「生者與亡靈無法相容。妳若是光，我們便是影，永遠不可能交錯。」

露娜果然還是不太明白賽里斯說的話。不過，他們今天比平時說了更多話。她相信自己的心意一定傳達給他了才對。

「一號，你在吧？」

「是的。」

之前一直在守門的一號走了過來。

「準備好了。」

「我等很久了。」

一號來到疑惑的露娜面前。

然後，他以一如往常的語調，彷彿在閒話家常似的輕鬆說：

「公主，該說再見了。我接下來要去冥府報到了。」

§ 42 【最初的轉生】

「…………………………咦？」

露娜忍不住發出疑問。

不過，她並不是無法理解一號的意思。她在無意間一直茫然地認為——

日子會這樣持續下去。

儘管會對擁有諸多祕密的亡靈們感到苦惱，還是能和他們一同歡笑，一起生活下去。

她連想都不曾想過會如此突然地與他們告別。

一號看露娜不知所措的樣子，露出略微悲傷的微笑。

「在這間工房裡，團長長年研究叫做『轉生』的魔法。」

一號將目光轉向被燈火圍繞的魔法陣。

「這是實現轉生的魔法。延續意念、延續記憶以及延續力量施展了『轉生』的根源，將能獲得新生。」

她對「轉生」這個魔法有些印象。在他們初次相遇時，她曾聽這個泡沫世界的創造神艾蓮妮西亞和賽里斯提及過這個魔法。

「即使對團長來說，『轉生』也不是一個簡單的魔法。雖然在創造神的協助下，研究取得了初步的成果，這個魔法超越了神的秩序，不經過實驗就不可能完成。」

「……實驗是…………？」

她當場明白了。

他們正打算做什麼。

即使如此，她還是茫然地脫口詢問。

「就是要使用根源的魔法實驗。必須有人前往冥府一趟。」

在「轉生」尚未完成的時代，這種魔法實驗幾乎等同於作好了毀滅的準備。然而，既然「轉生」是進行轉生的魔法，這就是無法避免的過程。

「就算在模擬實驗中得到了最佳結果，這也是首次嘗試的『轉生』實驗。我想記憶應該會喪失吧。不知道能留下多少意念與力量，也難以預測會在哪一個時代重生。因此，必須就此分別了。」

「不行……！」

露娜立刻反應過來，認為必須阻止他們。她在想到阻止的方法之前，人就已經先衝到賽里斯面前了。

「你不能這麼做！『轉生』絕對不會成功。因為這片大海的秩序不是這樣制定的。儘管著名的魔法名手都曾經嘗試過，我聽說從未有人成功過。而且，因為你是不適任者……！」

露娜的氣勢讓一號嚇了一跳。

賽里斯則一如往常，眼神變得銳利。

「妳知道些什麼？」

「不知道你會不會相信就是了。」

露娜拚命地思考。她無法證明外側世界的存在。可是，如果是這個世界的機制，那麼她能預言最後的結果。

「我知道未來，知道這個世界的命運。秩序未能取得平衡的這個世界將會邁向滅亡，能防止這一切的，只有自神族中誕生的主神，以及作為進化種族的適任者。」

露娜注視著賽里斯的眼睛，急切地希望他能理解。必須讓他打消念頭，否則一號將會白白送命。

「不適任者是在進化種族中走上錯誤進化的存在。由於會被秩序所忌憚，『轉生』絕對不會如你所願成功。」

「那又怎麼樣？」

賽里斯輕蔑地駁斥了露娜的話。

「……你說不定不相信我，我也沒有任何證據，可是這是事實……！求求你，請不要這麼做！」

「無聊。」

賽里斯說。

「要我怎麼做——」

「就算妳說的是事實，那又怎麼樣？」

露娜一時之間無言以對。

「……你問又怎麼樣……因為……要是知道不會成功，這不就是在白費工夫嗎？還是放棄實驗，做辦得到的事情更好吧？如果失敗了，一號會怎麼樣呢？」

「害怕失敗、避忌毀滅是生者的行為。我們亡靈唯有戰鬥一途。」

露娜愣住。

他並不是因為一時的情緒而固執己見。也不是死腦筋地否定露娜的話語。即使知曉銀水聖海存在，他也肯定不會停止實驗。

他的魔眼（眼睛）堅決地向她述說，不論如何都絕對不會停止實驗。

「……你在為了什麼而戰鬥呢？」

「除了勝利，別無其他。這個愚蠢的世界正以一副傲慢的態度在耀武揚威，我想給它一點顏色瞧瞧。哪怕此身會腐朽死去，我也不在乎。」

他的眼睛竄過紫電。

那雙鮮明的魔眼（眼睛）就跟那時一樣注視著遙遠的未來。

「即使絕對會輸？一號會白白送命啊……！」

「我們本來就沒活著。」

賽里斯狠狠地瞪向露娜。然而唯獨這一次，她也毫不退讓。

「快醒醒，跟世界戰鬥只是在白費力氣！一號之後是誰？你有這麼多夥伴，將他們統統捲入戰鬥，最後你又會剩下什麼？」

露娜抓住賽里斯的衣服，拚命地試圖說服他。

「……我不知道你在想什麼，可是比起憎恨，請懷有更多的溫柔……」

此時閃過露娜腦海的，是她的祖父杜米尼克。就連銀水聖海的毀滅都毫不在意，祖父決心要研究亞澤農的毀滅獅子。他甚至不惜讓孫女露娜成為災禍淵姬，背負沉重的宿命。

一心投入幻獸研究的祖父與賽里斯，在她眼中重疊在一起。

「繼續這樣下去，你將淪為被瘋狂驅使的怪物啊……！」

「公主，就說到這裡吧。」

一號說：

「團長並沒有錯。」

露娜轉頭看去。

他正帶著一副平靜的表情。明明即將踏上前往冥府的旅程，他臉上卻未露出一絲不滿。

「可是……你會死啊……！」

「是啊。」

「不會成功啊！」

「是啊。」

「……既然如此，為什麼？」

一號一如往常地笑了。

「因為僅僅為了活著而活並沒有意義。」

這是以前露娜對賽里斯說過的話。

「……我不懂……大家說的話總是這麼難懂……」

露娜一邊說一邊走向一號。

「亡靈不語。不過在臨終前，或許說上幾句也無妨吧。」

他這樣俏皮地說。

「比方說，說得也是呢……因為想讓誤入亡靈村落的生者回到陽光之下，才沒給妳冠上數字，大家全都稱妳為公主。」

「是……這樣嗎？」

「只是自言自語罷了。」

一號吊人胃口地說著，然後笑了起來。

「我們是要赴死的無名騎士，戰鬥正是本性。不論暴屍何處，也無人悲傷。」

他的決心無可動搖。

露娜無法理解。他們總是充滿祕密，隱藏著什麼重要的事情。然而，對了，總覺得能在他們身上看到些許溫柔。

是我錯了嗎？他們並不是瘋了嗎？假如不是這樣，他不可能會有如此平靜的表情。他們幻名騎士團也許有什麼露娜所不知道的理由。

無法說出的理由——

無法理解這點的露娜，不論說什麼都肯定無法阻止他們。他甘願赴死且就要離開了。所以，她現在拚命想著自己能做些什麼。

「……可是我一定會哭……」

一號抱住露娜。

「唯有一件事，讓我很掛心。」

一號在露娜的耳邊低語。

「什麼事？你儘管說。」

「我們會依照順序轉生，希望有人能照顧團長到最後一刻。」

「交給我吧。我絕對會每天都讓他吃下麵包。」

一號平靜地微笑，然後再度開口說：

「是團長要我們稱呼妳為公主的。」

「咦……？」

一號迅速地從露娜身旁離開。

這會是他一貫的自言自語嗎？可是，他唯獨在這個時候，沒有說這是自言自語。

「團長——」

一號將緋髓槍迪爾芬修坦拋了出去，賽里斯用右手接住那把長槍。緋髓槍上注入了他大半的魔力，即使「轉生」實驗成功，大概也無法充分繼承力量。

雖然無法確定他在重生後是否還能將緋髓槍運用自如，既然根源相同，那麼就存在這種可能性。

「我會交給艾蓮妮西亞保管。要是記得的話，就去跟祂拿回來。」

「是。」

一號默默地向前走，站在固定魔法陣的中央。

賽里斯將迪爾芬修坦刺進地面，從魔法陣中拔出萬雷劍。

「有什麼未了的心願嗎？」

「我們是亡靈，不可能會對這個世界有所依戀。」

一號笑了笑。

賽里斯彷彿也微微笑了笑。

他沒有遲疑，向前踏出一步。迸發紫電的萬雷劍刺向一號，然後連同他的根源一起刺穿了身體。

在近距離狂暴湧出的紫色閃電，甚至一併吞噬了賽里斯。然而，他並未施展反魔法來保護自己。

激烈且銳利的紫電灼燒著他的身體，劃破了他的魔眼（眼睛）與眼角。賽里斯面無表情，從他眼中滴落一滴滴的血珠。

「亡靈不死，我們永不安息。」

一號的身體消失不見，「轉生」的魔法陣啟動。

洞穴裡充滿了耀眼的光芒。

§ 43 【末路】

一號、二號、三號、四號、五號——幻名騎士團依照命名順序，成為了「轉生」的實驗對象。

他們就像去幫忙跑腿一般一個接著一個地消失，走得毫無悲壯感。送走他們的賽里斯也不改嚴肅的表情，只是以銳利的眼神窺看著魔法的深淵。

一切就像作業一般平淡地進行，突顯了幻名騎士團是亡靈的事實。

每當讓一個人轉生後，賽里斯便會在洞穴裡閉關，期間內他幾乎沒有好好進食，只是不斷地思考。

思考「轉生」的結果與該術式的問題點，以及要如何改善它們。

然而，他似乎沒能得到所期望的結果。賽里斯的表情日益凝重起來，附有雷電的鮮明魔眼（眼睛）也逐漸變得黯淡。

露娜對這種陰鬱的感覺有印象。

那就是「渴望災淵」。

在那個水底裡，各種慾望和渴望交織混濁。無法滿足的感情不斷沉積，枯竭的渴求在不知不覺中轉變為黑暗的衝動。

亞澤農的毀滅獅子——露娜擔心他會不會變成一個仍舊與自己的子宮內部相連的怪物類似的存在。

就這樣，終於連最後一個人也走了。

賽里斯的眼神依然陰鬱。雖然露娜只能默默守候，她也在思考自己能做些什麼。

她走下巴爾法巴山，進入附近的森林裡。

這裡是魔眼監視不到，因此賽里斯交代過她不准過去的地方。

她在那裡採了一些蘑菇。

露娜能做的只有煮飯。

所以她每天都為大家煮飯，並遵守和一號的約定，努力地讓賽里斯吃下麵包。

她無法阻止他們赴死。因此，她想至少讓他們享用美味的料理。

認為即使無法理解他們的心情，也能一起同桌用餐——

如今已經只剩下他一個人了。

「……不能露出陰沉的表情……」

露娜勉強揚起嘴角，強作笑容。

賽里斯打算完成「轉生」。即使秩序不容許，他也打算要顛覆這個秩序。

她認為只是旁觀者的自己不應該露出陰沉的表情，於是笑了起來。

「呵呵，採～了很多蘑菇呢！要煮什麼好呢？煮成湯？煎炒？焗烤也不錯，可是沒有材料吧。」

「我應該說過別下山。」

聽到出乎意料的聲音，露娜嚇得身體震顫。

當她回頭看去，便發現賽里斯就站在眼前。

大概是她離開了魔眼的視野範圍，所以連忙追了過來。

「……對、對不起……因為巴爾法巴山上沒什麼蘑菇……蘑菇很好吃吧？可以煎炒，也能煮湯。即使是毒菇，也有辦法去毒，所以不用擔心……」

「只要能吃，什麼都行。」

面對他的冷漠回應，露娜感到沮喪。

「……可是……我想讓你吃好吃的料理……」

短暫的沉默籠罩。

賽里斯依舊一副嚴肅的表情說：

「這樣啊。那就沒辦法了。」

「咦？」

當露娜抬頭時，賽里斯已經轉過身去。

「要回去了。」

「……嗯。」

露娜跟在賽里斯背後，同時思考起來。

他跟平時有點不太一樣。跟平時相比，感覺稍微溫柔了一點。

這讓她開心極了，自然地露出笑容。

「怎麼了？」

「因為你平時不會說『那就沒辦法了』這種話啊。」

他繼續前進。

為了不被步伐急促的他拋下，露娜快步跟上。

「這樣啊。」

「嗯。」

真是不可思議。

即使是這種時候，心情也會因為這點小事而雀躍不已。

自己為什麼會如此地受他吸引呢？

明明連他叫什麼名字都還不知道，為什麼呢？

就算去思考也不可能知道理由，露娜追逐著賽里斯往前走去的背影。當抵達巴爾法巴山的聚落時，她立刻開始準備煮飯。果然連在這裡，他的樣子也跟平時不同。

每天都在洞穴裡閉關的賽里斯，不知為何注視著她準備煮飯的模樣。

他在做什麼呢？

露娜明明早已熟練到閉著眼睛切菜也游刃有餘，一想到自己正被他盯著，她的動作就不自覺變得僵硬。

總覺得臉在發燙，不小心切了三倍分量的菜。真是羞死人了。露娜假裝自己沒有切太多的樣子，一面把切好的菜移到鍋子裡，一面偷偷瞥了瞥賽里斯的表情。當他們的目光交會時，她小心翼翼地問：

「……今天不研究魔法了嗎……？」

「已經結束了。」

賽里斯簡短地說：

「艾蓮妮西亞會帶結果過來。」

從他那作好覺悟的表情中，露娜立刻明白了一切。

「……這樣啊……」

她不知道該說什麼，煩惱著該怎樣向他開口。

可是——

「…………………我去弄……好吃的料理喔……」

儘管她思考了很久很久，最後卻只能想到這種毫無幫助的話語。

「滴答、滴答」——不祥的雨聲開始響起。

天空下起了雨。那熟悉的不祥聲響在耳邊縈繞，久久不散。不久後，一片雪月花飄落在那裡。

光芒閃耀，一名少女模樣的神——創造神艾蓮妮西亞現身。

為了迎接祂，賽里斯走到屋外，露娜也立刻跟了上去。在雨中，兩人與那位神相對。

艾蓮妮西亞什麼也沒說。

祂只是露出一臉悲傷的表情。

雨聲眼看著迅速變大。

「失敗了。」

艾蓮妮西亞以靜謐的聲音說：

「他們的根源被刻下了死時的痛苦，就這樣甚至無法徹底毀滅地徘徊在這個世界的夾縫裡，持續受到永無止盡的折磨。」

「……騙人………」

露娜茫然地喃喃低語。

她從一開始就知道會失敗。

即使如此，她還是忍不住想問：

「……怎麼樣都沒辦法嗎……？」

「『轉生』不適合出現在世界上，直到最後都無法顛覆這個秩序。」

露娜轉向賽里斯。他就跟平時一樣，不改其嚴肅的表情。可是他那被雨淋溼的臉，不知為何在露娜眼中就像在哭泣一般。

「那麼，接著輪到我了。」

艾蓮妮西亞默默凝視著賽里斯。祂的眼神嚴肅、靜謐，並且充滿慈愛。

「最後的波魯迪戈烏多，你已經戰鬥得夠久了。如今已毫無勝算，幻名騎士團的所有人都不會希望你挑戰這場無謀的戰鬥。」

艾蓮妮西亞溫柔地說。

「挑戰不可能，然後理所當然地落敗，才是符合亡靈的末路。」

賽里斯以有所覺悟的聲音說。

露娜心想：「啊啊，原來如此。」所以他才會跟平時不同，表現得這麼溫柔也說不定。因為他已經意識到自己的死期。

「這是我開始的戰鬥。即使敗北已成宿命，我也不得不去挑戰。」

賽里斯的右眼發出「劈啪」的聲響竄過紫色閃電。

「滅紫雷眼」。

他把手伸向染成滅紫色的雷電之眼，一顆如同雷電凝縮而成的魔法珠轉移到他的手中。

隨著雷電之力從他的眼中消失，雙眼皆變成了「滅紫魔眼」。

賽里斯遞出紫電的魔法珠。這是他的根源所擁有的雷電來源。考慮到轉生後可能無法繼承力量，他似乎打算像伊杰司一樣，將力量託付給值得信賴的人。

他將他的意志——奮戰到最後一刻的堅定意念連同雷電一同封入其中。艾蓮妮西亞不再出言阻止，收下了魔法珠。

賽里斯朝著洞穴踏出一步。露娜大概是察覺到他心意已決，急忙拉住他的衣袖。

閃電般的眼神銳利地刺向她的臉。

「這裡可是亡靈的聚落喔。妳該回去陽光下了。倘若是妳，不論在何處生活應該都能獲得幸福。」

賽里斯甩開她的手。

其實她早該知道了。這裡是邁向毀滅的泡沫世界，並不存在象徵奇蹟的主神。

更重要的是，他所對抗的並不只是這個小世界的秩序，還有遍及銀水聖海的一切秩序。

這片浩瀚的大海不容許「轉生」這樣的魔法。即使知道不會勝利，即使知道只會毀滅，他依舊一直奮戰，確實是一個亡靈。既然奇蹟不可能發生，毀滅消失就是必然的結局。

即使如此，露娜還是夢想著他是命定之人。

對不可能理會自己的他。

對不可能從這個宿命中拯救自己的他。

傻傻地夢想著他要是能成為自己的白馬王子該有多好。

可是——

「你不是最後一個。」

等回過神來時，她已經說出這句話。

露娜的渴望在強烈地向她吶喊。

不需要。

不需要什麼命運。

宿命什麼的也無所謂了。

我想拯救他。

我想拯救不斷磨耗自己的他。

希望即使持續戰鬥、失去夥伴，也還是決定奮戰到底的他能贏得勝利。

所以她才會一直留在這裡。

不論是平凡的日子、幸福的家庭，還是愛我的丈夫，如果是為了他，統統都能捨棄。

就獻給他我的全部吧。

不需要任何回報。

什麼都不要。

「接著輪到我了。請對我施展『轉生』。這次一定，不對，是絕對會順利。」

對著稍微回頭的賽里斯，露娜帶著竭盡全力的愛向他微笑。

「對吧？」

§ 44　【亡靈的新娘】

「給我回去。」

賽里斯冷淡地說著，再度邁出步伐。

露娜看著他的背影想起一號曾經說過的話。

『比方說，說得也是呢……因為想讓誤入亡靈村落的生者回到陽光之下，才沒給妳冠上數字，大家全都稱妳為公主。』

『團長方才也說了吧？亡靈不語——我們的話語沒有意義。假如想理解我們，只能靠觀察和推測了。』

『是團長要我們稱呼妳為公主的。』

只是一直陪在身旁並無法理解。就算試圖去理解他的心情，也還是無法理解。在決定要跟他一起前進後，她感覺終於能夠理解那種種的疑問了。

「——你要我回去……」

露娜說。與他站在相同的位置上，盡全力理解他的心情。

「是因為你知道這是一場無謀的戰鬥，不想將我捲入其中吧？」

賽里斯默默地繼續走著。

他什麼也不說。因為沒辦法說。在這個世界生活了一段時間的露娜知道，如今是戰亂的時代。

許多魔族、人類和其他種族，眾人都投身於戰火之中。為了恨、為了愛，以及為了要守護的人。

在這當中，幻名騎士團是極其異質的存在，他們既沒有要守護的人，也沒有任何目的。無欲無求，只為了戰鬥而戰。

缺乏感情，連對夥伴都有些薄情，一味地持續作為亡靈。如果到死都一直扮演亡靈，那個人到最後也與亡靈無異了。

可是不是這樣。她相信一定不是這樣。他救助了露娜，覺得那不是他一時心血來潮。

他們擁有不惜犧牲一切，也必須要贏得的事物，所以他們捨棄了一切。

只要將重要之人留在身邊，或許就會被他們的敵人盯上。只要人們知道他們具有感情，就一定會被人利用，所以幻名騎士團就像嗜血的亡靈一樣戰鬥。

他們應該也有過許多因此無法守護的事物。儘管如此，他們始終相信這樣能守護更多的事物。

因為他們的目的是——

「你其實想留下可能性。」

露娜說：

「儘管你其實希望和平，卻無法實現。所以，你想為了下一代，在這個世界上留下『轉生』吧。」

露娜曾形容他是被瘋狂驅使的怪物。

她錯了。在伊威澤諾出生的她能用魔眼（眼睛）清楚地看出，他並未受到渴望支配。

他那堅定不移的意志，甚至連幻獸都無法接近。

「你相信總有一天，有人會繼承這個夢想。相信那個強大到能夠顛覆毀滅、溫柔到讓世界和平，並且擁有美麗心靈的人，總有一天會誕生於世。」

亡靈不語。沒錯，他什麼也沒說。讓人覺得他只是在尋求巨大的敵人。

他不斷進行瘋狂的實驗，看起來只是為了在世界上留下自己的痕跡。就連只是想反抗秩序也一樣。

畢竟捨棄了生命，他們也無法留下任何事物。她曾覺得，這不是人該有的生活方式。

她錯了。一定不是這樣。的確，他們或許無法留下任何事物。即使如此，他注視的並不是現在。不論何時，那雙迸發紫電的鮮明魔眼（眼睛），始終都只注視著遙遠的未來。相信總有一天會出現繼承自己遺志的人。

「那個人也一定會為了和平的夢想而失去許多事物。所以，你想留下『轉生』。因為你捨棄了一切，想為未來的王準備一條不會失去任何事物的道路。」

她總算意識到了。

他無法透露隻言片語的戰鬥，以及不被任何人理解而消逝的亡靈們的崇高理想。不展現弱點、不暴露感情，將自己的幸福統統捨棄，連渴望也以意志力壓制，將一切寄託未來。

他愛著與自己無關的所有生命。深愛著這個世界，相信總有一天會迎來這個世界遙遠的勝利。

這個人是如此孤獨地在戰鬥。

「……我曾經覺得，結為夫妻是件美好的事……」

生者無法與他並肩齊行。

幻名騎士團的眾人，都是捨棄了自身幸福的亡靈。因此，面對沒有回頭的賽里斯，她面帶笑容地說：

「我一直都很期待呢。認為總有一天能與那個人相遇。畢竟世界如此廣大，大海也無邊無際嘛。」

那道逐漸遠去的背影什麼也沒有說。露娜現在很清楚，這是成為亡靈的他所能給予的最大溫柔。

訣別是希望她能獲得幸福。

「如果是跟所愛的人一起，只有一點熱湯和硬麵包就夠了。就算沒有豪華的禮服，也只要穿著自己縫補的衣服就好。如果能兩個人一起欣賞，就算不是漂亮的寶石，只要一顆小玻璃珠就足夠。」

這是她在遙遠的過去和遙遠的大海彼端曾經說過的話。一直盤踞在露娜心中，絕對不會消失的渴望。

「我不需要什麼特別的事物，只要平凡的日子就好。我曾經嚮往的，是像這樣平穩、溫柔，以及快樂的家庭。」

接著她說：「可是……」

夢想終究是夢想。

「理想與現實完全不一樣。被迫離開故鄉，冒著生命危險進行了一場大冒險。在許多人的幫助下，來到了這麼遙遠的地方。即使如此，我也還是無法逃離宿命……」

露娜靜靜地吸了一口氣。

「我愛上的人，是個對我不理不睬的亡靈。」

賽里斯沒有停下腳步，繼續朝洞穴走去。

露娜踏著輕快的腳步跟在他的背後。

「你不會愛上任何人。因為你無法讓任何人獲得幸福。裝作冷血無情、毫無情意，讓自己傷痕累累，像個亡靈一樣持續戰鬥——只為了在這個世界上，留下一個和平的可能性。」

露娜輕快地踏著水窪前進，追逐著賽里斯。

她完全不在乎。即使他從未說過一句愛的話語，她也不會停止這場戰鬥。

「不是很好嗎？就算是亡靈也無所謂。就算無法讓我獲得幸福也沒關係。因為我才沒有這麼脆弱。」

她跑了起來，在輕輕一躍後，跳到賽里斯身旁，總算與他並肩了。

「我會擅自獲得幸福，所以讓我留在你身旁吧。」

他默不作聲。

「你的沉默讓我感覺到溫柔。」

賽里斯眼神銳利地瞪著露娜。

她指著他的魔眼（眼睛）。

「你的雙眼讓我感覺到快樂。」

「真是愚蠢的女人。」

「呵呵。」露娜忍不住笑了出來。

「你的拒絕讓我感覺到愛。你知道嗎？雖然你是亡靈，我的腦海裡可是開滿花田喔。這樣不是很好嗎？不覺得我們是天作之合嗎？」

露娜握起雙手，一副想到什麼好主意的樣子向他微笑。

「不覺得。」

「說得也是呢。豈只是天作之合，簡直就是命運伴侶吧！」

聽到這種過於強硬的曲解，到底是連那副模樣的賽里斯都不禁停下腳步。露娜開心地露出滿面笑容。

「你所捨棄的渴望，我會在後頭幫你一一撿起。我才不是什麼要回到陽光之下的公主，而是在黑暗的地獄深處，無憂無慮地笑著的亡靈新娘！」

露娜追過賽里斯，輕盈地轉身。然後，她輕觸了自己的腹部。

「在我的子宮內部啊，刺著一把聖劍。由人類的名匠所鍛造、寄宿著劍之精靈、受到眾神的祝福，一把不受這個世界的秩序支配，能斬斷宿命的聖劍。原本應該能讓我擺脫生下毀滅世界之子的宿命。」

艾蓮妮西亞亮起神眼（眼睛）窺看露娜的子宮內部。

「可是失敗了。不對，是我以為失敗了。靈神人劍一定在引導我——引導我遇見自己的命運。」

露娜直視著賽里斯的魔眼（眼睛）說：

「只要重生，這次我一定能逃離宿命。既然如此，靈神人劍應該會斬斷現有的秩序，協助『轉生』成功才對。幻名騎士團的大家也能從永恆的痛苦中解脫，獲得重生喔。」

這終究只是露娜的樂觀推測。即使如此，應該還是值得一試。

「她的子宮內部確實刺有一把帶著強大神力的聖劍。」

艾蓮妮西亞說：

「可是神力基本上與我同質。即使會協助秩序，也不會顛覆秩序。」

「命運會背叛人。」

賽里斯說：

「而我不相信命運。」

「不會背叛喲。因為我的命運就是你。」

她愉快地露出微笑。

「我覺得這件事很簡單。只要對我施展『轉生』，靈神人劍說不定就會提供協助。這把聖劍的力量，連艾蓮妮西亞小姐都不太清楚吧？」

賽里斯稍微偏了偏視線，創造神默默地點了點頭。

祂一副無法理解為何無法窺看其深淵的模樣，用神眼凝視著。

「你看，有那麼一點點的可能性喔。『轉生』成功的可能性。你作為幻名騎士團，至今以來毀滅了許多生者。既然如此，不是應該要故作冷酷地對我施展『轉生』嗎？」

可能性非常渺茫。連她自己也無法確定靈神人劍是否真的會引發這種奇蹟。

假如失敗了，她的下場就會跟一號他們一樣。永遠無法迎來毀滅，徘徊在生死的夾縫之間不斷受苦。

可是露娜絲毫沒有迷惘。因為只有這麼做，才是唯一能留在他身旁的方法。

「亡靈不需要伴侶。」

賽里斯轉身向露娜說：

「生者有生者的道路。」

對此露娜一笑置之地說：「那又怎麼樣。」

「就算有某處的王子大人用甜言蜜語向我示愛，被你用劍刺穿胸口的痛楚也是數萬倍的美好。」

露娜露出陶醉的表情展現她的決心。賽里斯就像傻眼一般嘆了口氣。

「笨蛋。」

「嗯，肯定就跟明明還活著，卻成為亡靈的你一樣笨。」

他面不改色地描繪出魔法陣，從中心拔出萬雷劍高多迪門。露娜身上畫有「轉生」的魔法陣。

「有什麼未了的心願嗎？」

「沒有喔。」

露娜就跟亡靈們一樣，毫不猶豫地回答。

「畢竟你正直視著我。這還是第一次呢。」

為了接受賽里斯，露娜敞開雙手。

「請盡可能慢慢地殺了我。」

賽里斯緩緩地走向前去，停在她的面前。兩人只互相注視了數秒。

彷彿要撕裂雨聲一般地響起一道雷鳴。藉由揮出的萬雷劍，露娜的身體化為紫色粒子漸漸消失。

她帶著微笑，始終注視著賽里斯的臉。就像要將他的樣子烙印在眼底似的，眼睛連眨也不眨一下。

「——這是最後了，說出名字吧。」

賽里斯對一臉困惑的她說：

「妳的名字。」

「……我叫做露娜．亞澤農……」

他的魔眼（眼睛）讓她愣愣地看得入迷，就這樣直接詢問他：

「……你的名字是……？」

「賽里斯．波魯迪戈烏多。」

此時掠過露娜腦海的，是自己曾經提過的問題。

……結婚的時候，不會很不方便嗎？要是不知道名字……

亡靈不需要名字。總是這麼說的他主動向露娜報上自己的名字，或許就是這個意思吧。

「這是我早已捨棄的名字。」

「既然如此，我也幫你撿起這個名字吧。」

賽里斯不再開口。

對她來說，這樣已經足夠了。

「妳很快就會忘記。」

「我一直都能聽得雨聲。」

露娜帶著微笑說。

賽里斯可能不明白這句話的意思，但她的身體漸漸開始消失。

魔力也已經幾乎不剩。

儘管不確定是否還能施展「意念通訊」，她仍然拚命地發出意念。

——我一直都能聽到雨聲。

——那不祥的聲音一直縈繞在耳邊久久不散。

可是，在我與你初次相遇時，雨聲停了喔。

我回想起你那鮮明的紫電眼眸。

你那足以壓制渴望的堅定意志擄獲了我的心。

取而代之的，是雷鳴再也沒有離開我的耳邊。

即使是現在，雷鳴也伴隨著我的心跳持續響起。

這或許是一見鍾情吧。

儘管是冷酷的命運，卻讓我越來越無法自拔。

扼殺自我，為了未來一直奮戰至今的他，如今讓我深愛不已。

——即使無法結婚也無所謂。

——也不需要什麼平凡的家庭。

——我只要你告訴我的名字就滿足了。

——我會戰鬥。會跟你一起戰鬥。

——求求你，靈神人劍。

——即使要從我的子宮內部斬斷生下小孩的宿命也無所謂。

——即使要將我未來的幸福全部斬斷也無所謂。

——即使我無法重生也無所謂。

——相對地，我請求再請求。

——我熱切地拜託你。

——請讓他持續戰鬥的殘酷日子就此結束吧。

——讓他的未來，一定能和某人一同歡笑。

§ 45 【求婚】

時光飛逝——

艾蓮妮西亞世界滅亡，重生為米里狄亞世界。

或許是過去的亡靈與公主的心願成真、靈神人劍斬斷了宿命，亦或是發生了一連串更勝於此的奇蹟，這個世界存在著以樹理四神為首的輪迴秩序。

經由這個秩序與魔法律，賽里斯・波魯迪戈烏多所追求的「轉生」就像理所當然似的完成了。

在那之後，經過漫長歲月──

一名女孩子誕生在神話時代的魔族王國迪魯海德。

雖然轉生魔族在那個時代並不罕見，她的雙親最初並沒有意識到她是轉生者。因為她的魔力並不強大，看起來只像個普通的嬰兒。

唯一可見一斑的，是她打從出生時就討厭雨聲。每當下雨，這孩子便會嚎啕大哭，不論怎麼安撫都不會停止哭泣。

可是不可思議的是，當雷聲響起時，她就會「咯咯咯咯」地開心大笑。

在雙親的疼愛下，女孩健康長大。而當她開始學說話時，經常說出「露娜」這個詞彙。雙親起初認為她只是發音不標準，隨即便意識到那是在說她的名字。

如果那是前世的名字，那她就很可能是轉生者。然而露娜不記得自己的姓氏，對前世的記憶也模糊不清。

按照歷來的「轉生」來看，前世的記憶應該會在轉生完成後恢復。可是不可思議的是，露娜隨著成長才逐漸恢復記憶。

直到六歲時，他們才終於明白她出生於遠古時代的世界。擁有強大魔力的魔族以一兩千年為單位進行轉生並不是什麼罕見的事，她對故鄉的記憶卻不符合迪魯海德的任何地方。

露娜想起的「拉卡法爾賽特」這個國家名稱，甚至沒被記載在歷史書上。

露娜的雙親推斷，她是在沒有留下紀錄的遠古時代，以當時不完善的「轉生」進行轉生的人。

於是，她的父母對日益想起新的記憶而不知所措的她，解釋有關轉生的事情。

隨後露娜流下眼淚。即使問她理由，她也只會說：「我不知道。」

這並不是因為悲傷。然而喪失記憶的露娜無從得知這點，只能不停地落淚。她的父母將無法理解自己為何哭得不停的露娜溫柔地擁入懷中。轉生者與其親生父母和一般的親子不同，也有許多家庭會互相保持距離。

因為孩子帶有前世的記憶。

儘管如此，親子關係完全破裂的情況並不多見。正因為認為自己將來也會轉生，大家都會自然地接受轉生到家庭裡的孩子，形成了這種文化。

露娜隨著成長逐漸恢復記憶，一直覺得自己好像忘記了什麼重要的事情。

她覺得自己必須去尋找某人，記憶卻總是模糊不清。

相對地，她一直有種強烈的衝動。受到彷彿在譴責她、威脅她一般的渴望驅使，她有無數次都想要離家出走。

然而，那個時代並未安全到能讓轉生不完全的小孩子在離家後獨自生存下來。

就跟艾蓮妮西亞世界一樣，戰亂長年不止，弱小的魔族會輕易死去。她的雙親絕非強大的魔族，但由於消息靈通，擁有能夠眺望遠處的魔眼（眼睛），所以才能生存下來。

他們居住在大胃王巴爾曼統治的農耕都市德爾亞克。巴爾曼一如其別名，是個食量驚人的大胃王，一個人就能吃光德爾亞克生產的所有糧食。

儘管擁有肥沃廣大的土地，居民全都是生產某種食物的農民，德爾亞克的人們卻總是為飢餓所苦。因為大胃王巴爾曼以稅收的名義，將他們所生產的糧食幾乎全都徵收了。

不過作為交換，德爾亞克受到了在神話時代也是數一數二強者的巴爾曼庇護。

只要交出糧食，德爾亞克的居民就能獲得保護，免於受到其他凶惡魔族的侵害。當巴爾曼吃飽時，他的個性溫和且富有慈悲。以露娜雙親的力量，難以帶著孩子在戰亂的迪魯海德生存下去。

因此，他們決定忍受飢餓，來到農耕都市德爾亞克尋求庇護。露娜家的餐桌上，總是只有兩片麵包和一碗只放了一顆馬鈴薯的湯。

「對不起，露娜，今天也只有這些能吃。」

父親愧疚地說。

「好啦，快趁熱吃吧。」

母親帶著笑容說。

「父親和母親的份呢？」

當露娜提出疑問，兩人使露出微笑。

「沒關係，我們今天已經吃過了。」

「好啦，露娜，快點吃吧。要是被巴爾曼的士兵發現，可是會有大麻煩喔。」

露娜的父母將偷藏的少量食物幾乎都給了女兒。即使數日未曾進食、再怎麼飢餓難耐，他們也只靠吃土來填飽肚子，等待她長人成人。

那些硬得彷彿會咬斷牙齒的麵包與淡而無味的湯，露娜恐怕一輩子都不會忘記。

「很好吃呢。」

當她這麼說完，雙親便開心地笑了。

「太好了呢。等露娜長大，我們就一起離開這座城市吧。到時候，就能讓妳吃更好吃的食物喔。」

她的父母靜靜地看著獨自用餐的露娜，不斷地這樣告訴她。

儘管他們一直餓著肚子，卻從未顯露出半點跡象。這既是雙親的愛，也是他們的溫柔。

這讓露娜隱約覺得，她不該順從衝動，跑去尋找一個不確定是否存在的人。

她必須當一個好孩子。

她必須當一個能讓父母保持笑容的孩子。露娜告訴自己，絕不能破壞這個平穩的家庭。

就這樣時間再度飛逝，來到她即將十五歲的那一天——

農耕都市德爾亞克籠罩在一股不安的氛圍之中。

「露娜！露娜，妳在嗎？」

本來在田裡工作的父親，慌慌張張地回到家中。

「露娜，妳在哪裡？」

正在閣樓上睡覺的露娜，睡眼惺忪地走下樓來。

「啊啊，太好了。」

「怎麼了嗎，父親？」

當露娜問起，父親便一臉認真地這樣說：

「妳暫時不要出門。德爾亞克即將淪為戰場。」

「……是真的嗎？竟然有魔族敢侵犯大胃王大人的領地……？」

「他們是嗜血的亡靈。不畏死亡，只會瘋狂地毀滅敵人，是一群甚至沒有名字的怪物們。不論哪一方獲勝，農耕都市都無法避免受到損害。」

「沒有名字的……亡靈……？」

露娜喃喃低語。不知為何，這句話強烈地觸動了她的心。

「幻名騎士團。」

腦海中突然想起這個詞彙。

「沒錯。既然妳知道，那就省得解釋了。事情就是這樣，總之妳不要出門！我很快就會回來。絕對不能出門喔！」

父親急忙離開。

大概是去叫母親了。

突然間，一股衝動驅使著她，伸手握住了門把。儘管雙親的臉孔在腦海中一閃而過，下一瞬間，等露娜回過神來時，她已經從家中衝了出去。

想見他。

有什麼在強烈地向她呼喊。

一直都很想見他。

每當她踏出一步，這份心情就變得更加強烈。

認為自己必須去見他。

不曉得名字，也不認識長相。

甚至不知道他是誰。

可是她覺得只要見到他，就一定能回想起來。

唯有自己的心，如此地對他魂牽夢縈。

甚至讓她不惜違背父親的囑咐，飛奔而出。

露娜離開城市，尋覓著那些亡靈。然而她找不到他們的任何蹤跡。在她不斷尋覓的過程中天色漸暗，最終完全陷入了夜幕。

亡靈們不在任何地方。

露娜歇了口氣。然後在終於恢復冷靜後，決定回家。

父母一定很擔心她。

儘管她發出「意念通訊」，卻無人回應。

『……父親？母親……？』

她感到忐忑不安。

露娜壓下心中的不安跑了起來。

心中充滿了不祥的預感。露娜急忙地加快腳步，盡可能迅速趕回家中。

她推開門走進屋內。首先映入眼簾的是滿地血泊的室內——父母坐在椅子上，全身被十把聖劍貫穿。

死亡的氣息充斥四周，她的視線開始閃爍不定。

「父親！母親——！」

露娜大喊。

然而，她的呼喊徒勞地消散在虛空之中。她父母的根源已不在那裡了。

「虛假的家人死去，有這麼傷心嗎？」

腳步聲響起。黑暗的另一頭走來一名男人。

他的模樣令人毛骨悚然。彷彿將不同人的身體拼湊在一起，手腳、身體和魔眼（眼睛）沒有一處一致。這個男人給人一種彷彿死屍動了起來的印象。

「……你……是誰……？為什麼要…………殺害父親和母親……！」

「我是幻名騎士團的一員。」

露娜茫然地看向男人的臉孔。

「……不對……！」

她沒有任何根據

話語卻自然地脫口而出。

「你不是幻名騎士團的任何人！他們絕對不會做出這種事情！」

露娜情緒激動地放聲大喊。隨後男人就像拆卸部件一般摘下自己的右手腕，其斷面處伸出一條紅線。「紅線」化為一根利針，貫穿了露娜的胸口。

「啊……嗚………！」

當「紅線」纏住她的根源時，男人便畫出魔法陣，從中取出「記憶石」。

「殺害妳父母的是幻名騎士團。不過不需要擔心，因為妳即將取回真正的家人。」

「紅線」的另一端纏住「記憶石」。沒想到就在男人注入魔力，準備要發揮其權能的那個瞬間——

天空才剛劃過一道紫電，整棟房子就被當場炸燬了。這個男人的四肢瞬間就像被劍斬碎一般化為碎塊。

「劈啪」作響的紫電在周圍竄動。

「啊…………」

露娜睜大眼睛，一名纏繞著雷電、手持萬雷劍的魔族映入眼簾。那個人正是賽里斯·波魯迪戈烏多。

「……沒想到你會自己過來，省了我去找人的麻煩。」

「紅線」從被斬斷的軀體中延伸出來，將四肢拉到近處，使得被斬成碎塊的全身重新連接在一起。

男人猛然起身，彷彿是一尊魔法人偶。

「即使你再怎麼斬斷這具身體，這條命運的紅線也絕對不會斷。你已經忘記你在這數百年間不斷逃避我的事了嗎？」

男人突然伸手。「紅線」從十根手指伸出，襲向了賽里斯。

「『波身蓋然顯現（buenejiara）』。」

賽里斯將萬雷劍刺進球體魔法陣。與此同時，九把可能性的刀刃刺穿了九個可能性的球體魔法陣。震耳欲聾的雷鳴與足以將這裡完全覆蓋的紫電湧出。

天空轟響、大地震撼，萬物只因為魔力的解放就灰飛煙滅。

唯獨在他正後方的露娜沒受到任何影響。當賽里斯將萬雷劍高舉向天時，合計十把的劍身朝天空竄出細若如絲的紫電。

這是他為了斬斷「紅線」所開發出來的魔法。是對於連結一個命運的「紅線」，能開闢出無數可能性的毀滅之刃。

「『滅盡十紫電界雷劍(rabuia neorudo garubuariizuen)』。」

天空朝十把劍劈下毀滅紫電。宛如連結天地的支柱，其化為了一把劍刃。

賽里斯踏出一步，同時揮出萬雷劍。彷彿撕裂天空的聲響徹到千里之外，毀滅在此落下雷擊。

「什麼──────！」

男人被染成紫色，十根「紅線」當場消散。

「咳……呃啊啊啊……………呃啊啊啊啊啊啊啊啊啊啊啊啊啊啊啊……………！就這點，程度─────……！」

紫電照亮了整座農耕都市德爾亞克。魔法人偶的男人為了與其對抗，以驚人的魔力展開了反魔法。

儘管看起來就像瞬間挽回了劣勢，卻也只維持了一下，男人的身體便開始崩裂。他的身體無法跟上自己的魔力。

全身在轉眼間迅速崩散，裸露出連結身體的紅線。當他的身體承受不住、反魔法消失的瞬間，紫電之刃便將所有「紅線」燒斷了。

四肢在眨眼間消滅，只剩下男人的頭部留在原地。

「……該死——……該死、該死、該死——！終究是泡沫世界居民的身體……！竟然比人偶還要脆弱……！」

賽里斯站在男人的頭部前面高高舉起萬雷劍。

「你、這傢伙………你這傢伙——……！賽里斯·波魯迪戈烏多——！別以為你這樣就贏了。假如是『偶人』、假如我拿出真本事，像你這種傢伙，根本不——呃……」

萬雷劍毫不留情地揮下，伴隨著紫電消滅了頭部。賽里斯用魔眼（眼睛）確認敵人已經無法再戰後，便將萬雷劍收進魔法陣裡。

他緩緩轉向露娜，向她走去。然後，默默地與她錯身而過。在這個瞬間，露娜腦海中突然閃過前世的記憶。

她回想起來的，是他無法透露隻言片語的宿命。

亡靈不語——

「轉生」成功了。然而，他那殘酷的戰鬥還沒有結束。

「謝謝你。」

賽里斯停下腳步。

「別誤會了，女人。」

他對露娜的父母見死不救了。

露娜心想，他大概是這個意思吧。

「我總有一天一定會再次與他們重逢。因為有你為這個世界帶來的『轉生』魔法。」

賽里斯瞥了露娜一眼，接著再度邁出步伐。

甚至沒有回頭。

甚至沒有停下腳步。

甚至一句話也沒對她說。

即使如此，她在遙遠的過去確實發誓了。這個人就是自己的命運，她要擅自跟著他走。

露娜不發一語，就像理所當然地走到賽里斯的身旁。

「我需要強壯的母體。」

他沒看向露娜的臉，自顧自地說。

「生下我的孩子。」

露娜隱約記得自己有什麼不能生下小孩的理由。

那份記憶如今也依舊模糊不清。

可是她不在乎。

因為她認為這一定就是他的求婚。他想要給曾經追求著溫暖家庭的露娜、就在方才失去家人的露娜一個可能性。

儘管他什麼也不說，一定就是這樣——

「嗯。」

她一面表達出滿滿的感謝，一面向亡靈展露笑容。

因為她要連同他無法回應笑容的份，一起為他笑。

§ 46 【無法消除的渴望】

她曾想一直陪伴他那無法透露隻言片語的戰鬥——

迪魯海德，亡靈們的村落——

在其中一個住所裡，能看到身懷六甲的露娜。

已過了十月十日，正常來說早該進入產期，陣痛卻遲遲沒有出現。

相對地，露娜每天都感覺到好幾次胎動。

嬰兒在子宮內部動著。其伴隨著毀滅，漆黑粒子在她的體內形成漩渦。如果是一般的母體，恐怕會瞬間毀滅，可是露娜只是短暫地發出痛苦的喘息。

雖然她還沒想起那份記憶，災禍之胎正在吞噬著嬰兒的毀滅。

「好乖、好乖，阿諾斯今天也很有精神呢。」

露娜輕撫著自己隆起的腹部。或許是傳達給嬰兒了，她再度感覺到胎動。

「你什麼時候要出來呢？還想留在媽媽的肚子裡嗎？」

露娜對著肚子裡的小寶寶說話。

這一刻是她最喜歡的時光。

「你知道嗎？因為阿諾斯是波魯迪戈烏多的血族，據說擁有毀滅的根源呢。雖然說什麼毀滅根源，你大概也聽不懂吧？那非常強大喔？」

露娜彷彿在對小寶寶微笑一般說：

「如果不是強壯的母體，好像會在生下你之前就死去喔。不過你放心，別看媽媽這副模樣，我似乎相當強壯呢。我會好好生下阿諾斯，所以你不用擔心，隨時都可以出來喔。」

「還很難講。」

賽里斯走入房內。

他闊別數日來到這裡。至於他拋下身懷六甲的露娜去了哪裡，答案就是戰場。他前往發生在迪魯海德的衝突現場，將兩名主謀斬殺之後才歸來。

儘管賽里斯不說一聲就突然離開，她依舊用滿面的笑容迎接他回來。

「歡迎回來，親愛的。」

「懷上波魯迪戈烏多之子的母親，身體會隨著胎動逐漸變得虛弱。」

賽里斯走近露娜，把手放在她的肚子上。他亮起魔眼（眼睛），窺看腹中胎兒的深淵。

「毀滅根源與誕生對立。因為對胎兒來說，死亡與毀滅是他的營養。母體越接近毀滅，波魯迪戈烏多之子誕生的環境就越完善。這就是胎動會伴隨著毀滅力量的原因。」

「不過我沒事喔？雖然有時也會感到有點難受。」

露娜一臉困惑地說。

「這代表妳作為母體就是如此強韌。我的母親也有強壯的母體，但是聽說她在現在這種時期，已經虛弱到甚至無法出聲了。」

「……那像我這樣母體強壯的人，是怎樣生產的？」

「沒有前例。」

聽到他這麼說，露娜露出一絲黯然的表情。

「……跟我的前世有關嗎……？」

賽里斯沒有回答。

露娜的表情越來越黯淡。

「雖然我還想不起來，可是呢，我心裡隱隱有種不安。擔心阿諾斯會不會變成壞小孩，擔心我是不是不該把他生下來，這種心情越來越強烈……」

「別自以為是了。」

賽里斯一口否決了她的不安。

「妳要生下的不是妳的孩子，而是波魯迪戈烏多之子，沒有善惡之分。就算妳的孩子注定要毀滅這個世界，波魯迪戈烏多的毀滅根源也甚至能夠毀滅那個宿命。我等一族可是毀滅之王。」

說出嚴厲話語的賽里斯，他的雙眼奪走了露娜的目光。

露娜心想，他或許知道自己還沒想起的前世。

雖然她很想知道，即使問了，他也不會回答吧。不提前世的事，已經成為兩人之間默認的規則。

「也是呢。他會成長為什麼樣的孩子，全看我們怎麼養育他呢。」

露娜露出笑容。

賽里斯一定是為了自己著想才這麼說。

妳不用擔心。小寶寶會是個不輸給命運的堅強孩子。他一定是這個意思。為什麼他要如此徹底地扮演亡靈，現在的露娜對此並不清楚。

說不定連前世的她都不太清楚。

只不過露娜心想——

是不是因為他一直扼殺自己的情感，才能持續作為亡靈存在呢？他的眼睛總是注視著遙遠的未來，不是為了現在，而是為了未來的可能性而戰。在這個無人關注的地方，即使稍微說出一些真心話，能抓住這個把柄的魔族大概也寥寥可數。

可是，假如只是稍微流露出一絲情感，或許他就再也無法恢復成亡靈了。他比任何人都還要堅強且嚴厲，而且其實是個非常脆弱的人。要是不一直作為亡靈、不一直扼殺自己的感情，就會想起自己是生者。

雖然人們都說他是個連夥伴都會輕易見死不救的幻名騎士團團長，一個只會毀滅他人的瘋狂亡靈，實際上並非如此。

他非常想要拯救。他一定無法抑制地想要守護。為了隱藏自己的真心，他始終扮演著瘋狂的亡靈。

為了不洩露他的那份溫柔。

「欸，如果我會礙事，你也會毀滅我嗎？」

「這個問題真愚蠢。」

露娜「呵呵」地笑了笑。

「有什麼好笑的？」

「不好笑喔。我是在高興自己不會成為你的累贅。這樣不是很好嗎？要是被你捨棄，我覺得到時候自己就能成為真正的亡靈之妻。這樣不是很棒嗎？」

賽里斯只是冷冷地看著露娜。

「不要保護我喔，絕對不要。我唯獨不想被你保護。」

即使不說，他大概也不會保護露娜。

儘管如此她還是想告訴他，這是她自己的意願。在他即使磨耗靈魂也仍舊持續戰鬥的心靈上，她唯獨不想留下自己的傷痕。

「笨蛋。」

賽里斯站起並調轉腳步。

「我們很快就要離開這裡，妳去艾德那斯山脈的潔隆家聚落吧。她們對妳心存感激，應該會在待產期間好好照顧妳。」

賽里斯頭也不回地走出房間。露娜早就知道此事，就像理所當然似的送他離開。

「路上小心，親愛的。要注意安全喔。」

門被關上。

露娜立刻收拾好行李，前往潔隆家的聚落。

路上由一號護衛，平安無事地抵達。

她以前跟潔隆一族有過交情。正如同賽里斯所說的，露娜曾經幫助過她們，所以潔隆一族的魔族們全都對她心存感激。她們熱烈歡迎突然造訪的露娜，自願照顧她的起居。

露娜起初還想幫忙下廚一類的工作，然而隨著胎動日益增強，她的身體開始變得虛弱。毀滅之力越來越強，開始侵蝕她的子宮內部。

露娜漸漸連要起身都很勉強，一天下來有人半時間都在床上度過。

在這樣的某一天——一名男人造訪了露娜的房間。

「嗨。」

那男人的表情簡單來說就是虛無。儘管臉上帶著淡淡的微笑，卻感覺不到一絲笑意，完全看不出他內心的想法。

「初次見面，妳好，亡靈的新娘。」

不知為何，聽到他那彬彬有禮的問候，露娜感覺到不祥的預感。雖然是再平常不過的一句話，卻讓人忐忑不安。

「我有件事情想請教妳。」

嬰孩對他那令人不安的聲音產生反應，在胎內動了動。

「要是妳死了，妳覺得賽里斯．波魯迪戈烏多會露出他真實的一面嗎？」

露娜瞬間鞭策自己的身體，從床上躍起。

他是敵人。而且甚至還是從某處知曉了賽里斯名字的敵人。露娜立刻畫出「真闇墓地（garian）」的魔法陣。然而那道魔法陣發出純白光芒，發動了「枷結界封絕（de gurebaido）」。

「怎、怎麼回事……？」

光芒緊緊纏繞住她的手腳，變化為手銬與腳鐐。轉眼間，光之枷鎖束縛住露娜的手腳，而且封住了她的魔力。

在那個男人——格雷哈姆的身側，出現了一個小男孩。他穿著縫滿補丁的破衣，手上握著一支鵝毛筆。小男孩是狂亂神亞甘佐，祂以自身權能竄改了露娜畫出的魔法陣，將她束縛了起來。

「就試試看吧。」

格雷哈姆以「創造建築」造出一個牢房，將她關了進去。

「放我出去……！」

格雷哈姆淡淡一笑，轉身離去。「枷結界封絕」隨著時間消逝，可是衰弱的露娜沒有從這裡逃脫的方法。

不久後，人類士兵抵達這裡，占領了潔隆的聚落。格雷哈姆在那裡解剖潔隆一族的屍體，展開恐怖的魔法實驗。

露娜不期待救援。

他不會來。

即使來了，也不會救她。

因此，她該做的事情只有一件。那就是以瀕臨毀滅的母體，生下自己腹中心愛的孩子。

心意已決的露娜，全神貫注地等待時機。

然後，那一刻終於來臨了。

「呀啊啊……！」

被帶到聚落廣場上的露娜遭人踢倒在地。對魔族懷恨在心的人類士兵們，任由憎恨開始折磨她。

露娜拚命護住自己的腹部，同時感覺到了。

幻名騎士團正在趕往這裡。他們十分擅長隱蔽魔法，一般魔族無法察覺到他們的行蹤。可是不知為何，她的魔眼（眼睛）隱約看得見。

期盼未來的他們流露出些許的渴望。一想到賽里斯現在懷著什麼樣的心情看著這一幕，她就感到心頭一重。

正好就在這個時候，她腹中的孩子——阿諾斯就像發怒一般，開始對周圍釋放他的毀滅之力。

——就像要代替無法拯救她的賽里斯保護母親一樣。啊啊，這孩子將來一定會是個溫柔的孩子。

露娜如此心想。

眨眼間，周圍的人類全都化為灰燼。

「真是太棒了呢。波魯迪戈烏多的血統，毀滅之力。簡直就像偏離世界的常理喔。」

格雷哈姆說：

「因為母胎的毀滅將近，所以魔力增強了嗎？」

他的魔眼（眼睛）看向露娜。

緊接著，漆黑火焰出現在她前方，構築出一道牆壁。

就像要保護母親一樣。

「……阿諾斯……」

露娜低語：

「夠了喲……夠了……你只要把力量用在讓自己出生就好……媽媽絕對會生下你……」

「母親保護孩子的愛情還真是美麗呢。妳會賭命將他生下來吧？」

格雷哈姆說：

「藉由母胎的毀滅，他將能獲得生命。同時背負著毀滅的宿命。」

就在漆黑火焰全部消滅的瞬間，露娜朝格雷哈姆衝了過去。

黑暗開始在他周圍擴散開來。

「『真闇墓地』。」

由於露娜的魔法，任何光都無法穿透的黑暗在此降臨。

「真是傷腦筋耶。這樣豈不是什麼都看不到了嗎？」

在伸手不見五指的寂靜中——生命終結的「咕滋」聲響起。

格雷哈姆的手切開了露娜腹部。

「……啊…………」

她癱軟跪下，倒在地上。

儘管如此，她還是為了保護腹部而把手擋在前面。

「親愛的……之後就……」

剎時間，雷電宛如自烏雲中劈下一般，紫電奔馳，高多迪門貫穿格雷哈姆的心臟。

激烈紫電發出「滋滋滋」的聲響在格雷哈姆的體內肆虐。賽里斯朝他的根源竭盡全力轟出毀滅魔法。

「『滅盡十紫電界雷劍』。」

龐大的紫電毀滅格雷哈姆的身體與根源。

賽里斯亮起魔眼（眼睛）警戒四周。威脅已經離去。賽里斯冷靜地確認過這件事之後，慢步走到倒地不起的露娜身旁。

「親愛的……」

她奄奄一息地脫口呼喊。

賽里斯只是默默地注視著她的身影。

啊啊，這或許是最後了。

露娜領悟到了。

因為是最後，他才會像這樣注視著她。

「……你就沒有什麼要說的話嗎？」

一號走到他身旁。

「最後請對她說些什麼吧！師父！好歹對即將毀滅之人有點同情心吧！」

他總是這麼溫柔。露娜覺得他並不適合作為亡靈。即使在模糊不清的前世記憶裡，感覺他也有著相似之處。

「對亡靈之妻來說，這是死得其所。」

這句話是最好的臨別禮物。

這肯定是只有我和他才明白的事情。

這是他第一次稱呼我為妻。我一直好好地扮演了他妻子的角色。

這讓我很開心。

「沒關係，一號，我過得很幸福。」

「……可是，師母……這樣未免……」

露娜緩緩搖了搖頭。他現在或許無法明白。一號遺忘了前世的記憶。

「毀滅的根源呢，波魯迪戈烏多的血統……要出生的話，就會違反這種根源……所以呢，必須要有什麼代替他們死亡……這是作為波魯迪戈烏多妻子之人的宿命喔……」

一號將來一定也會察覺賽里斯的真正想法。

察覺到他那悲傷的戰鬥。

「……毀滅的母胎……對阿諾斯是最好的……所以這樣就好。」

從未想過他會陪我走完人生的最後一刻。

一想到這裡，眼淚與笑容就滿溢而出。

「……謝謝你……」

讓我留在你身邊。

讓我生下你的孩子。

讓我像亡靈的妻子一般死去。

謝謝你。

「……阿諾斯，你要活下去，成為比誰都還要強大的孩子……去幫助爸爸喔……」

她已無力再發出聲音了。

她心中充滿了最後的情感。

——這跟我以前夢想的家庭完全不同呢。

——也無法將這個孩子養大成人。

——可是，這樣比充滿理想的美夢還要幸福喔。

——在無法如願以償的殘酷現實中。

——你教會我，即使如此也要全力以赴地活下去。

——我一直陪伴著你那無法透露隻言片語的戰鬥。

——你的沉默讓我感覺到溫柔。

——你的雙眼讓我感覺到快樂。

——你的拒絕讓我感覺到愛喔。

——只有我知道，你無法向任何人吐露的真正心情。

——因此，我連同你的份一起用愛情填滿心靈，連同你的份一起講了很多很多話。

——欸……

——欸，親愛的。

——我雖然說了很多很多。

——我的心意有好好傳達給你嗎？

——我有好好理解你的心意嗎？

——對不起，明明是最後了，我卻在想這些事情。

——你很討厭會像生者一樣想著這些事情的女人吧？

——我什麼都不需要。

——即使無法結婚也無所謂。

——也不需要平凡家庭。

——甚至是平穩的生活，還是任何一切。

——然而……

——雖然我曾以為自己什麼都不需要。

——心底仍然留著一個怎麼樣都無法消除的渴望。

——我……

——想要你的話語……

§47【繼承父親的遺志】

研究塔最深處的魔導工房——

這是一瞬間掠過的過去紀錄。經由創星艾里亞魯，我們見證了掉落到艾蓮妮西亞世界的露娜·亞澤農與賽里斯·波魯迪戈烏多的相遇。

見證了他們的戰鬥，以及那段未能訴說愛意的愛情故事。

「——原來如此。看來你真的很喜歡謊言和陰謀，不過既然你親眼見過了，那麼事情就好辦了。」

柏靈頓從天花板頭下腳上地墜落。在即將撞擊地板之前，他迅速翻轉身體，若無其事地落地。

「怎樣啊，柏靈頓？我的父親賽里斯·波魯迪戈烏多？」

在神話時代殺害了轉生到米里狄亞世界的露娜的父母，並試圖以「紅線」覆蓋她記憶的魔法人偶，無疑就是眼前的柏靈頓。

從兩人的對話來看，柏靈頓曾經侵入米里狄亞世界，企圖殺害姊姊所傾心的賽里斯。他沒有帶「偶人」過來，也沒有再度侵入，恐怕是因為帕布羅赫塔拉的關係。

進入泡沫世界是被禁止的行為。雖然他把屍體當作自己的身體來隱藏力量，成功潛入了米里狄亞世界，卻不敵我的父親，反而遭到擊敗。

「你應該也看到了你所不知道的一面吧？至少他毫不畏懼亞澤農的毀滅獅子。」

柏靈頓握緊「紅線」，同時緊抿雙脣。

「父親作為亡靈持續奮戰著。在看不見前方的黑暗中對抗不講理的秩序，最終取得了勝利。然後——」

在我的視野餘光，爸爸正半呆滯地抱著媽媽。由於大量紀錄一口氣掠過腦海，說不定對他造成太重的負擔了。

「母親直到最後都愛著這樣的父親。」

柏靈頓緊緊咬著牙關。

「我問你，在看過他們的訣別之後，你的想法也毫無改變嗎？仍然打算踐踏他們不用言語也能心意相同的羈絆，說那不是真正的愛嗎？」

柏靈頓默不作聲。我對他說：

「你也該從姊姊身邊獨立了。你的命運紅線，並沒有與媽媽相連在一起。」

「的確，我不得不承認……」

柏靈頓以低沉的聲音說：

「現在還沒有。」

作為「偶人」的柏靈頓，從全身伸出無數的「紅線」，在空中徐徐搖曳。

「什麼羈絆、命運，以及幸福。」

前所未有的神聖魔力從那些紅線迸發出來。金箔般的閃光在柏靈頓的周圍飛舞。

「我絕不會向這種不講理屈服。即使這份感情是大罪，即使會被這片大海的一切否定，連讓心儀的女人回頭都做不到，我還算什麼男人啊！」

露娜·亞澤農的記憶經由「紅線」，從柏靈頓的「記憶石」上傳來。

媽媽表情扭曲，不禁發出痛苦的呻吟。他的指尖又釋放出無數「紅線」，突然朝媽媽伸展而去。

「命運要由自己親手掌握！」

「愚蠢的傢伙。」

我擋在媽媽前方保護她，以二律劍將襲來的「紅線」一一斬斷。

「用線綁住心儀的女人脖子，強行拉扯過來，可不叫做讓她回頭啊。就因為你只有這種不會在這裡退讓的自私想法，才會沒有人愛你。」

伴隨著這句話，我將綁住媽媽的「紅線」斬斷。

「是啊，或許就如你說的一樣。我也曾經認為，愚蠢的我不會被任何人所愛，幾乎就要放棄希望。」

柏靈頓握緊被斬斷的一條「紅線」。

「然而，即使如此我還是想要相信！這份愛總有一天一定會傳達——我愛她。我比誰都還要愛她！這是彷彿烈火焚身一般的情感，幾乎要將胸口撕裂一般的哀傷大哭。這份愛比誰都還要深切，比任何事物都深沉，簡直就是深淵啊！」

柏靈頓的渴望就像轉化為魔力一般，「紅線」散發出神聖的金色光芒。

應該已經切斷的「紅線」再度與媽媽相連在一起。不過，其他伸展過來的「紅線」並沒有復原。

即使切斷一度連結的「紅線」，也會再度相連嗎……？宛如是一種詛咒。

「如果命運的紅線沒有相連，只要自己連上就好。如果姊姊沒有愛上我，那就不斷地從相遇時重新來過！」

柏靈頓發出「災炎業火灼熱砲」。

「這份愛總有一天一定會傳達！」

「所以你就讓珂絲特莉亞襲擊媽媽了嗎，愚蠢的傢伙？」

我射出「霸彈炎魔熾重砲」。蒼藍恆星與墨綠炎彈激烈地相撞在一起，魔導工房劇烈地燃燒起來。

「只有不懂愛情的人，才會嘲笑他人的戀愛。」

「你經由紅貓和藍貓看到墜入艾蓮妮西亞世界的母親，以及她被我的父親賽里斯．波魯迪戈烏多吸引的那個瞬間。因此，你試圖做出相同的行為。想要保護媽媽，演出一場命運的相遇，於是你花費了漫長的時間等待這個機會。」

我蹬地衝出，朝柏靈頓直奔而去。他發出「災淵黑獄反撥魔彈」，我則以「掌握魔手」將其一把抓住，並且投擲回去。

「為了實現這件事──」

我以單手畫出多重魔法陣。

其變化為砲塔狀，從中迸發出七重螺旋的漆黑粒子。

「哼！」

柏靈頓以魔法屏障彈開「災淵黑獄反撥魔彈」，展開與我相同的多重魔法陣。同樣地，漆黑粒子在魔法陣砲塔上描繪出七重螺旋。

終末之火──為夢想世界福爾福拉爾帶來終結的毀滅魔法──遭到釋放。我們同時說：

「「『極獄界滅灰燼魔砲』。」」

我與柏靈頓發出的終末之火直線衝出，猛烈相撞在一起。

毀滅與毀滅激烈碰撞。漆黑火花四散飛揚，幻獸塔劇烈地震撼。當所有牆壁都坍塌、化為一片漆黑灰燼時，「極獄界滅灰燼魔砲」已相互抵消。

「你用這個魔法毀滅了夢想世界。就僅僅只是為了讓我從媽媽身邊離開。」

「假如有必要，我甚至會毀滅銀水聖海的一切！只要能得到唯一的愛！」

柏靈頓的指尖伸出十根「紅線」，化為利針朝我襲來。我以二律劍將它們打掉，壓低身姿大步踏出。轉瞬間我便接近到柏靈頓身邊，揮劍斬向他的腳下。他當場跳起，朝我的臉踢出一腳。其腳尖已經染成黑色。

「『根源戮殺』！」

我偏頭避開這一踢。

同時對他的影子畫出魔法陣，猛然踩下。

「『二律影踏』。」

「……咳……唔……！」

「偶人」的身體受到劇烈的衝擊，柏靈頓吐出一口血。雖然我狠狠踏住了影子，他卻沒有停下動作。他落地後立刻一個翻身，揮出「根源戮殺」的手刀。

我以二律劍擋下這銳利的一擊。漆黑火花發出「滋滋滋滋滋」的聲響朝周圍飛散。

「你以為有能靠毀滅得到的愛嗎？」

「……小時候，我們發過誓了。姊姊確實說過要和我結婚。我要奪回那些燦爛的時光。只要澈底毀滅現在，就能得到過去了啊！」

「童年時的童言童語，你打算傻傻地相信到什麼時候？你差不多該長大了，柏靈頓。沒有人會把這種約定當真。」

「姊姊無法和我在一起，是因為我們是姊弟。姊姊曾難過地說姊弟無法結婚。因此，我成為了魯澤多福特的居民，獲得了「偶人」的身體。我們現在已經沒有血緣關係，我們的愛沒有障礙！」

柏靈頓強硬地揮來漆黑手刀。即使一律劍的劍刃割開他的手掌，他也絲毫不在意地繼續前進。

「我的姊姊擁有任何幻獸都無法靠近的清澈、純潔且美麗的心靈。她絕對不會說謊啊啊啊啊……！」

柏靈頓以右手手刀壓住二律劍，同時揮下左手手刀。

在那之前，我已將「霸彈炎魔熾重砲」狠狠打入他的體內。蒼藍火焰發出「轟隆隆隆隆隆隆隆隆隆隆」的聲響吞噬了「紅線偶人」。

我繼續畫出魔法陣，連射出「霸彈炎魔熾重砲」。一顆顆蒼藍恆星激烈撞擊柏靈頓，掀起一陣劇烈的爆炸。

「……我的愛不可能會輸……」

即使被蒼藍火焰燃燒，柏靈頓的眼睛也仍然熠熠生輝。

「……那個男人沒有保護姊姊。他自稱亡靈，大言不慚地說要為了世界，然後作賤姊姊，甚至沒能拯救泡沫世界不是嗎！你說姊姊幸福？那終究是和平時期才有的幸福。假如再度陷入戰亂，那個男人就會輕易對姊姊見死不救吧！」

柏靈頓全身湧出不同於神之魔力的其他不祥力量。漆黑粒子形成漩渦，同時轟散了蒼藍火焰。

「為了姊姊不惜毀滅世界的我，以及為了世界而犧牲姊姊的男人，究竟是誰更加愛著姊姊，誰的愛更加深刻，答案很顯而易見！」

他將魔力注入與媽媽相連的「紅線」上。

「……伊莎貝、拉……呃……！」

「退後。」

與媽媽相連的「紅線」湧出漆黑粒子，將爸爸與米夏震飛開來。

倘若米夏沒有立刻展開反魔法，爸爸恐怕已當場斃命。媽媽的身體飄浮起來，從根源伸出無數「紅線」。

「那個男人最後失去力量、失去記憶，變得再也無法握劍。兩千年前他似乎憑藉轉生逃離我的樣子，然而在這個災淵世界中，他已經無處可逃。這尊『紅線偶人』與上次的破爛人偶可不一樣！」

無數「紅線」從媽媽的根源伸出，有如結繭一般開始層層纏繞她的身體。他打算將露娜·亞澤農的記憶覆蓋上去。

「要是想反駁，就再試著斬斷這些線啊，賽里斯·波魯迪戈烏多。」

柏靈頓帶著憎恨的眼神，就像要宣洩恨意一般對爸爸說：

「你為了對抗我而鍛鍊出來的紫電已不復存在。到頭來你根本不打算永遠保護姊姊。正因為如此，這次這個命運絕對不會被斬斷！因為魯澤多福特的紅線正是我的愛本身……！」

剎那間，紫光閃爍。十道紫電衝向天際，一把巨大的劍刃朝著「紅線」之繭落下雷擊。

「『滅盡十紫電界雷劍』。」

「……唔，什麼……！」

龐大的紫電之刃燃斷「紅線」，將其毀滅。

受到雪月花保護的媽媽從繭中現身。雖然是淺層世界的魔法，這是賽里斯．波魯迪戈烏多所開發出來超越秩序架構的魔法。

這把與命運之線相反的可能性之刃是「紅線」的弱點，不論柏靈頓注入多少魔力，它也絕對不會再度連結。

「不可能……不可能不可能不可能……你確實喪失力量了……！」

柏靈頓立刻朝爸爸投以銳利的目光。從他的根源上果然感受不到賽里斯．波魯迪戈烏多的魔力。

然而，他直到方才都還帶在身上的萬雷劍不見了。

「失去力量了？你要盯著無關的地方多久啊，柏靈頓？」

在我向他搭話後，他才總算轉過頭來。然後，他的目光落在我手中握著的萬雷劍上，稍稍瞪大了眼睛。

「很久以前，成為亡靈的男人留下了巨大的可能性。他遺留下來的意志在我心中，遺留下來的力量在這雙手上，遺留下的深刻愛情是我的生命。」

我緩緩舉起萬雷劍，將染成滅紫色的魔眼（眼睛）看向他。

「那一天，他們二人所失去的一切就在這裡。」

手中的劍竄過紫電。

我靜靜地對他說：

「父親保護了世界、奠定了和平，然後實現了所愛之人的夢想。」

§48 【血的優勢】

柏靈頓以陰沉的魔眼（眼睛）注視著被燒斷的「紅線」。當他微微張口，彷彿由怨恨凝縮而成的詛咒之聲便從喉嚨深處湧出。

「……你這傢伙是……賽里斯．波魯迪戈烏多……你這傢伙……」

「紅線」從他雙手的手指上伸出，有如生物一般輕輕搖曳。柏靈頓猛然地狠狠瞪向了我和爸爸。

「都到這個地步了，你還想要阻撓我嗎！兩千年前無情地捨棄了姊姊，從這個愛的舞臺上退場的男人，究竟要沒出息地糾纏到什麼時候啊！」

每當柏靈頓吐出怨恨的言語，他的魔力便隨之高漲。他以要踏破地板的氣勢向前衝出，朝爸爸直奔而去。

「你作為戀人與丈夫都不夠格！假如是我，就絕對不會讓姊姊感覺到那種寂寞！」

柏靈頓搖曳著「紅線」猛然發起衝鋒，而我則從側面用萬雷劍朝他砍去。

「嗯……咕唔……！」

「連舞臺都沒踏上的男人，事到如今才在大言不慚。」

我用力揮下高多迪門。切開皮膚、陷入血肉，將他的身體打飛。

「不會讓她感覺到寂寞？不對吧？你就連讓她寂寞都辦不到。」

柏靈頓的雙腳猛然陷入地板，在退開數公尺後止住勢頭。

「正因為如此，這次輪到我展現心意了。愛絕對不是先到先贏。」

「也不是按照順序來。」

柏靈頓就像惱羞成怒似的瞪大眼睛。

「別說得你好像很懂一樣！」

他伸出無數「紅線」，想要將我緊緊束縛。十道紫電瞬間從可能性之刃上竄升。我劈下「滅盡十紫電界雷劍」，將無數「紅線」盡數燒斷。

可是柏靈頓穿過那道龐大的紫電之中，直衝而來。

「你也許想要保護父母，然而姊姊和那個男人之間的愛，不過是被靈神人劍與轉生所迷惑的鬼迷心竅，是失去純真愛情造成的一時假象。」

柏靈頓將右手染成漆黑，猛然向我刺出「根源戮殺」的手刀。我用右手的二律劍迎面擋下這一擊，並將萬雷劍刺進他的腹部。

柏靈頓儘管吐出一口血，還是像一如預期似的向我逼近。

「正因為如此，我要抹消那一切。讓她恢復成原本潔白無瑕、天真純潔時的姊姊。」

他用雙手抓住我的肩膀，封住我的行動。此時杜米尼克的屍體突然就像操線人偶一樣動了起來。

其目標當然是媽媽。

「保護好。」

「嗯。」

米夏眨了眨兩下眼。

第一下，她的魔眼（眼睛）染成白銀色。第二下，瞳孔化為「創造之月」。

「冰世界。」

「源創神眼」溫柔地注視虛空。緊接著，一顆小型的玻璃球體在米夏眼前被創造出來。

那就宛如魔法模型，在內側構築出一個飄雪的冰世界。白銀光芒擴散開來，雪月花滿天飛舞。

爸爸和媽媽被玻璃球體吞入，然後消失無蹤。米夏也隨著光芒被吸入其中，進入到那個冰世界。

「事到如今，我不會再讓你逃走了。」

杜米尼克的屍體就像要追上他們，也進入到玻璃球體中。

「你還真是急躁呢。沒有根源的操線人偶，在那裡頭可是贏不了米夏。」

我推進萬雷劍，刺穿他的根源。柏靈頓用力踏穩，撐住了這一擊。

「……不……一如預期……」

他的根源湧出墨綠色的血，是跟娜嘉和坷絲特莉亞相同的毀滅獅子之血。

血液開始腐蝕紫電，抵抗著萬雷劍的劍刃。漆黑粒子形成螺旋，覆蓋住他的全身。

「呣喔喔喔喔喔……！」

他的體內湧出漆黑魔力，將我的身體舉起來。在柏靈頓蹬地衝出的瞬間，我們便以迅雷般的速度衝向災人伊薩克沉睡的冰柱。

隨著一陣「轟隆隆隆隆隆隆隆」的巨響，冰塊粉碎四散。

溢出的冷氣覆蓋了整個房間。即使如此，冰柱也只有表面稍微崩裂。竟然能承受毀滅獅子的力量，看來這根冰柱比這座幻獸塔要來得堅固。

「堅強姊姊的孩子啊，你贏不了我。你存在無法贏過我的理由。」

他將纏繞著漆黑粒子的右臂高高舉起。在他的那隻手上，握著一把紅色刀刃狀的物體。

那是亞澤農之爪。我以二律劍擋住柏靈頓猛然揮下的爪子。

「『根源戮殺』。」

「太慢了。」

在柏靈頓漆黑的「根源戮殺」手刀揮下之前，我先用「根源戮殺」的腳將他踢飛。然而，他並沒有受到多少傷害。

「唔嗯。」

柏靈頓全身湧出毀滅獅子的魔力。

當中特別強大的部位是雙腳、雙眼和右臂嗎？那些漆黑粒子似乎被他輕輕搖曳的「紅線」所操控。

「看來杜米尼克能使用珂絲特莉亞他們的力量這件事，似乎並非謊言呢。因為你用那個

『紅線』綁住『渴望災淵』裡的亞澤農的毀滅獅子，將牠化為自己的力量了。」

沒有獲得肉體的毀滅獅子不具有實體，與其說是生物，應該更像是具有魔力的渴望集合體，一種不定形的概念。

如果他能將其綁住，變成獲得肉體的狀態，可利用的部位應該不僅限於雙腳、雙眼和右臂，然而實際上似乎沒有這麼自由。

即使是能連結命運的「紅線」，要綁住不具實體的幻獸，特別是毀滅獅子，應該也是極其困難的一件事。

因此，他只能綁住自己能理解的對象。他大概透過研究娜嘉、珂絲特莉亞和波邦加的身體，勉強獲得了這三個部位的力量。

「阿諾斯，你的全身是毀滅獅子。而我只有雙腳、雙眼和右臂——」

亞澤農之爪釋放出黑紅色的魔力。轉眼間，它就變成一根黑紅色的縫針。

「獅子縫針貝祖恩茲。」

他將「紅線」綁在貝祖恩茲的尾端，並將金箔般的魔力與黑紅色魔力融合。柏靈頓將縫針猛然射出。當我往左側閃避後，縫針便以我為中心繞出一個圓圈。「紅線」在我的背後連結起來，並開始收縮圓圈要將我綁住。

「『滅盡十紫——』」

我將紫電之刃對準「紅線」猛然揮下。

「——電界雷劍』。」

隨著震耳欲聾的雷鳴，紫電劇烈閃爍。雖然這把可能性之刃是「紅線」的弱點，這次卻未能將其斬斷。

毀滅獅子的力量讓它變得更堅固了。

只有瞬間彎曲的「紅線」在縫針直線前進後，連同萬雷劍一起纏住我的雙手，緊緊地綁住。緊接著，柏靈頓射出的兩根獅子縫針刺穿了我的雙腳，將我釘在地面上。

「作為未持有殺手鋼爪子的不完全毀滅獅子，你不可能敵得過持有三根爪子的我！」

柏靈頓經由與自己相連的「紅線」，從「渴望災淵」中取出毀滅獅子的魔力。

他以這股魔力描繪出多重魔法陣。魔法陣瞬間變化為砲塔狀，並且釋放出七重螺旋的漆黑粒子。

「『極獄界滅灰燼魔砲』。」

終末之火逼近到眼前。我的雙手與萬雷劍被「紅線」牢牢束縛，雙腳則被獅子縫針釘住，動彈不得。

反應時間只有數瞬，沒時間解開四肢的束縛了。七重螺旋的終末之火發出咆哮，猛然向我的臉部襲來。

「——唔！」

柏靈頓瞪大眼睛。我張口用上下排牙齒咬住毀滅世界的終末之火，緊緊咬住的牙齒之間閃耀著暮色的光芒。

「你難道以為束縛住我的手腳，我就無法施展『掌握魔手』了嗎？」

我猛烈地咬碎終末之火，並且開始凝縮魔法。當我以「掌握魔手」的牙齒完全控制住狂暴的毀滅之力後，就甩頭朝他丟回去。

「『掌握魔手』。」

柏靈頓施展出與珂絲特莉亞相同的「複寫魔眼」，將我丟回去的「極獄界滅灰燼魔砲」接住。

「這是你最後的掙扎了。刺穿你雙腳的『紅線』已經與『渴望災淵』的底部相連。」

縱使柏靈頓的「掌握魔手」比不上我，他用雙手合力凝縮終末之火。

「還記得我的說明嗎？」

除了柏靈頓的聲音之外，我似乎還感到另一種不明的聲音在體內響起。

「亞澤農的毀滅獅子是災厄本身。其渴望只要一度覺醒，就會受到破壞衝動驅使，甚至會毀滅這片銀海……」

柏靈頓微微笑了笑，同時高聲大喊：

「而現在正是你的破壞衝動覺醒的時刻。災禍淵姬之子，亞澤農的毀滅獅子啊！在這片『淵』的深淵中的渴望，即是你的根本。只要一度覺醒，你將再也無法恢復理智。」

金色魔力從「紅線」上竄出，經由縫針開始流入我的根源。這是沉積在「渴望災淵」裡的混濁渴望。

「將那個男人教導你的一切全部遺忘吧，你即將成為真正的獅子。不論是劍、魔法、話語，甚至是意念，那個男人所遺留下的事物，全都會在這裡毀滅。」

就在這之後——

一道令人毛骨悚然的聲音，直接從我的體內深處響起。

那是我內在的衝動。

不是別人，而是我自己發出的聲音。

惡意從我內心深處的更深處湧現，滿溢而出。

——將一切的大海。

即使想堵住雙耳，這道聲音也從體內響起，衝擊著大腦。

——以及一切的存在。

緊緊附著在頭蓋骨上的飢渴欲求。

——毀滅吧。

不斷高呼著破壞的另一個自己。這道聲音在我耳邊不斷迴蕩，催促我去毀滅一切——

「露出本性吧，醜陋的野獸。然後，就用自己的身體來證明吧。沒錯，賽里斯．波魯迪戈烏多沒能實現姊姊的夢想，他並沒有給姊姊一個溫柔的孩子！」

飄在空中的最後一根獅子縫針瞄準了我的心臟。

「瘋狂吧！肆虐吧！毀滅諸多世界乃是你的本性！然後姊姊才會初次意識到。她會意識到和那個男人建立的家庭一點也不平穩。啊啊，姊姊終於要清醒過來，並且感到後悔——」

帶有「紅線」魔力的縫針筆直射向我的心臟。

「發覺那份愛是一個重大的錯誤！」

「真是有趣的妄想。」

震耳欲聾的雷鳴響起，十道紫電在萬雷劍上落下雷擊。在我緩緩揮動魔劍後，束縛我的「紅線」便被輕易斬斷。

「……………什麼……呃……！」

「『掌魔滅盡十紫帶電界刃（ravuiazu verudc garuvariizen）』。」

我將可能性的紫電附在「掌握魔手」的萬雷劍上，將其凝縮。

換句話說，就是將「滅盡十紫電界雷劍」的龐大毀滅之力，只集中在萬雷劍高多迪門的劍身上增幅威力。

已化為深層魔法的紫電之刃沒理由斬斷不了「紅線」，我將刺在雙腳上的獅子縫針的線斬斷。

「我也說過了，柏靈頓。我的精神算是穩定的。」

「……………你在說什麼……蠢話啊……………就憑穩定的精神，怎麼可能抵抗得了……毀滅獅子的破壞衝動……………！」

柏靈頓高高舉起右手，準備丟出以「掌握魔手」接住的「極獄界滅灰燼魔砲」。

「亞澤農的毀滅獅子不可能不發狂……！你就是這樣的生物，快露出原形——！」

「的確，我似乎是毀滅獅子。」

在他丟出終末之火前，我已衝進他的懷中。

「你應該沒忘記我父親說過的話，母親生下的是波魯迪戈烏多的孩子。我等一族可是毀滅之王——」

「啊、呃啊啊啊啊啊啊啊啊啊啊啊啊啊啊啊啊………！」

他的右臂「啪答」一聲落地，猛烈地噴出大量鮮血。

在他丟出終末之火前，毀滅的萬雷劍已先斬斷了他的手臂。

「雖說是深層世界的血，難道你以為就有優勢了嗎？」

§ 49　【愛的結局】

柏靈頓迅速伸出左手抓住虛空，在那裡聚集起黑紅色的魔力。有如獅子咆哮一般的巨響響起，爪子的力量形成漩渦。

「……你說那個男人的血………」

黑紅色的魔力化為實體，在他手中出現一根巨大縫針。

那是獅子縫針貝祖恩茲。他用力朝我刺來一般揮下那根縫針。

「竟然比姊姊的血有優勢──咳喔──……！」

在柏靈頓揮下縫針前，我先用附有毀滅的萬雷劍刺穿他的心臟。

「……呼、喝……呃咳咳喔──……！」

「不，我是說他的血戰勝了毀滅獅子。」

「……這是……不可能的……即使擁有毀滅之力，泡沫世界的不適任者也不可能凌駕在災淵世界最強的幻獸──亞澤農的毀滅獅子之上……！」

柏靈頓用力握緊縫針。

「你……」

儘管胸口血流不止，他還是亮起魔眼(眼睛)，毅然地瞪著我。

「……到底是什麼人……？」

「嗯，我不太明白你為何這麼問。」

「我在問你──阿諾斯……你究竟是什麼人……！」

呼應柏靈頓的吶喊，「紅線」開始纏住獅子縫針。黑紅色魔力與金色魔力混合，縫針就像展露獠牙一般發出閃光。與此同時，我將二律劍收回鞘中。

「……呃啊……啊……………………！」

獅子縫針從他的左手滑落，在地面上彈跳。我將右手刺向他被萬雷劍刺穿的心臟，將其捏爛。

「唔嗯，果然如我所料。找到了喔。」

不同於伸出「偶人」體外的「紅線」，還有另一條「紅線」緊緊纏繞在他的心臟深處。

我一把抓住那條線，將它用力扯出來。

「……呃啊、哈啊……咳、咳啊啊啊啊啊啊啊……！」

當我抽回右手時，「紅線」便從他心臟深淵延伸出來。

「我就覺得奇怪。懷胎鳳凰將擁有生育渴望的人——露娜．亞澤農的子宮內部與『渴望災淵』連結在一起。然而擁有災禍之臟的你，怎麼看都不像想要小孩的人。」

柏靈頓的渴望，只有對姊姊的獨占欲。雖說他們是姊弟，難以想像他會受到懷胎鳳凰的影響。

可是他擁有災禍之臟卻是事實。因為「紅線」目前正與「渴望災淵」的底部相連，而他能施展毀滅獅子的力量即是證明吧。

根據珂絲特莉亞的說法，沒有辦法前往「渴望災淵」的底部。在那裡形成漩渦的濃密災禍會侵蝕入侵者，至今還從未有人成功抵達那個深淵。

另一方面，災禍淵姬經由她的子宮與那個深淵連結。柏靈頓應該是經由與她的子宮類似的臟器，將「紅線」連接到災淵底部。

「就跟亞澤農的毀滅獅子一樣。你先用『紅線』將自己的臟器與懷胎鳳凰綁在一起，獲得那隻幻獸的力量。」

柏靈頓藉此得到了災禍之臟。

「也就是說——」

漆黑粒子在我身上形成螺旋。

「這條線的前端，與懷胎鳳凰相連在一起。」

我用萬雷劍將柏靈頓固定在原地，用力扯出握住的「紅線」。他的心臟噴出大量鮮血，伴隨著某物被緩緩撕裂的細微聲響，紅線逐漸被拉了出來。

「嘎、啊、啊、啊啊啊啊啊啊啊啊啊啊啊啊啊啊啊啊啊啊啊啊啊啊啊啊啊啊啊啊啊啊啊啊！」

紅色的魔力粒子從柏靈頓的體內噴出。

「『掌握魔手』。」

我增幅在「紅線」上流動、連結命運的權能，揭露與其相連在一起的幻獸。金箔般的魔力宛如失控一般激烈飛散，不定形的紅色粒子逐漸顯現輪廓。其漸漸地形成翅膀，變化為有如一隻鳳凰的模樣。

「你透過災禍之臟干預『渴望災淵』，給媽媽的災禍之胎帶來了不良影響。既然如此，就算不用刻意毀滅懷胎鳳凰，也只要將你和這條『紅線』切離，她的病情便能穩定下來。」

「……不准……碰它……」

這是至今為止，他所發出最為低沉且陰暗的聲音。懷胎鳳凰就像聽從柏靈頓的意志，變成不定形的模樣，再度消失在他的體內。

「這是我與姊姊之間的羈絆……是我與姊姊不論何時都緊緊相連的證明……哪怕你是姊

姊的孩子，這也不是你能隨便碰觸的東西……」

「你所謂的不能隨便碰觸——」

我在握住「紅線」的右手掌上畫出紫電的球體魔法陣，將其壓縮。

「是像這樣嗎？」

「掌魔灰燼紫滅雷火電界」。

雷鳴轟響，毀滅紫電沿著「紅線」奔馳而出。

「呣、喔、喔、喔喔喔喔喔喔……你……你這……你這傢伙————唔嘎啊啊！」

毀滅紫電貫穿了柏靈頓的內臟，將其粉碎。即使是尚未完成且速度極為緩慢的「掌魔灰燼紫滅雷火電界」，既然是沿著「紅線」前進，他就無法避開。

「假如不想毀滅，就趕快解除『紅線』吧。」

「……我不可能解除……這是讓相愛的姊弟緊緊相連的——」

「紅線」從「偶人」的體內伸出，散發出金色的魔力在空中徐徐搖晃。柏靈頓毫不保留地釋放出毀滅獅子的力量，在全身纏繞漆黑粒子。

他以從左手伸出的「紅線」操控三根獅子縫針。

「——命運紅線啊！」

在釋放出龐大魔力的同時，利針朝我襲來。我將纏繞在萬雷劍上的「掌魔滅盡十紫帶電界刃」輕輕一揮，「啪滋」一聲，綁在獅子縫針尾端的「紅線」便輕易遭到斬斷。

「還真是脆弱的紅線呢，柏靈頓。」

我對像是要朝臉上追擊而來的兩根獅子縫針揮出毀滅的萬雷劍，斬斷上頭的「紅線」。

「你這傢伙……嘎啊啊啊啊啊啊啊啊啊啊啊啊啊啊啊啊啊……！」

我透過緊握在右手中的「紅線」將紫電汁入他的體內，並以萬雷劍斬斷他與毀滅獅子相連的「紅線」。

「可惡啊——我絕不原諒——」

在柏靈頓高舉的左手上凝縮的漆黑魔力忽然消失。這是「紅線」被斬斷，導致他失去原本連結著的毀滅獅子的力量。

「……咳、哈啊……！」

我用萬雷劍刺穿柏靈頓的腹部，這次斬斷了他肺裡的「紅線」。

「我的母親是自由奔放的人。即使綁上這種脆弱不堪的線，也無法束縛住她的心。假如你想讓她回頭，本來應該採取正攻法。」

我以閃電般的速度揮出萬雷劍，接連不斷地砍向柏靈頓的身體。

心臟、腎臟、肺臟、胃臟、腸臟、肝臟——我用毀滅的萬雷劍砍向他體內的每一處臟器、每一條「紅線」，將它們一一斬斷，毀滅掉那個命運。

「嘎啊阿……咕、嘎啊、呀啊、嘎啊啊啊啊啊啊……啊啊啊，我的……住手……住手啊

「啊啊，我的命運……我與姊姊的羈絆……啊、啊啊啊，快住手——……！」

懷胎鳳凰的魔力逐漸從他的臟器上消失。

隨後，柏靈頓突然癱跪在地上。

「終究是借來的力量。用『紅線』綁住的東西，在關鍵時刻可派不上用場。」

他拖著傷痕累累的身體，不斷地大口喘氣。即使雙手撐地、彷彿跪倒一般，也仍然狠狠地瞪著我。

在與亞澤農的毀滅獅子分離後，他現在已不剩多少力量。

賴以依靠的懷胎鳳凰也與他分離了。

可是他的眼神並未失去光芒。他繼續看著我，在耐心等待著什麼。

突然間，他的嘴角笑了。

就在這一瞬間——

我的眼角餘光瞥見一小塊黑暗。那是太過深邃，光所無法抵達的水底——「渴望災淵」。那塊黑暗正在吞噬一片冰雪景色——由創造神的權能創造的冰世界。

彷彿玻璃珠碎裂般的聲音響起，釋放出白銀光芒。伴隨著耀眼的閃光，米夏他們回到了魔導工房。

沒回來的只有杜米尼克的屍體。

「……趕上了……」

這是彷彿鬆了一口氣般的喃喃低語。

柏靈頓踏穩腳步站了起來。

媽媽就在他的視線前方。只要用魔眼凝視，就能看出她的子宮內部有一塊深邃的黑暗。

災禍之胎——與「渴望災淵」相連的它，吞噬了米夏創造的冰世界。

「經由『渴望災淵』，我與姊姊以『紅線』緊緊相連。杜米尼克是為了不讓你察覺到這件所做的布局。被我將『記憶石』綁在根源上的姊姊，將會恢復成過去的姊姊。」

「柏靈……頓……」

柏靈頓似乎深受這句話所感動，身體不禁顫抖，眼淚潸然落下。

彷彿全身受到強烈震撼一般，他僵立在那裡，久久無法言語。

「…………啊啊……」

他不禁發出感慨。

「姊姊……姊姊……妳終於……」

媽媽將視線轉向一臉感動不已的他，靜靜地開口說：

「……對不起，柏靈頓……你是我最重要的弟弟——」

柏靈頓左右搖了搖頭。

「不，沒關係。沒關係，姊姊。妳不是像這樣來救我了嗎？我就相信妳一定會來。我就相信妳一定會想起我。因為我們是僅有兩人的姊弟。」

他就像要迎接姊姊一般伸出手。

「走吧，我們回家去。回到我們兩人的家。」

媽媽溫柔凝視柏靈頓。

然後，緩緩地搖了搖頭。

「姊姊……？」

「……我沒辦法跟你走……」

柏靈頓彷彿思考瞬間停止了一般當場僵住。爸爸靠過去站在媽媽身旁。

媽媽輕輕握住他伸出的手。

「因為我遇見了他。我愛他。以前是賽里斯，現在是格斯塔。我愛著不論重生多少次，都依舊不變的我的丈夫。」

「………………………………………………咦？」

柏靈頓失去了表情。

宛如失去感情一般面無表情。

「你曾是我最重要的弟弟。」

「……………曾是？」

柏靈頓第一次露出害怕似的扭曲表情。

「你殺害了祖父大人，殺害了我的雙親。雖然你曾是我最重要的弟弟，如今我似乎已經無法再原諒你了。」

「……為什麼……我與姊姊以命運之線……」

「柏靈頓，對不起。要是我能更早察覺到就好了。是我讓你誤會了。這世上並沒有什麼命運。」

「……沒有………」

「這份情感並不是命運。不對，是不是命運已經不重要了。我要憑藉自己的意志，和他一起共度人生。我不會再與傷害他的你見面了。」

柏靈頓顫抖著嘴唇，同時不斷短促地呼吸。

「柏靈頓──」

爸爸豎起一根手指。

「即使如此，我也有一件事要感謝你。」

這是與平時的爸爸有點不同的成熟語調。

「正因為有你，我才能遇見她。」

柏靈頓瞪大眼睛。

「……怎麼會……是我……讓姊姊和你……這樣一來，我豈不是就像個小丑………」

彷彿晴天霹靂一般，柏靈頓喃喃低語：

「……不……不……不對……對了，要是……還不夠……要是還遺留多餘的記憶……」

柏靈頓竭盡魔力地踏出一步。

他應該也很清楚自己已經無法戰勝我了。可是，他無法止住自己的渴望。

「不論要重來多少次都行。就不斷地重生，不斷地重複命運的相遇吧。我要殺了妳，然後這次我也會一起死，紅線會再度讓我們姊弟緊緊相連。」

柏靈頓將左手插進被斬斷的右臂裡，從中扯出「紅線」。

「不論要多少次，沒錯，不論要多少次都行。我絕對不會放棄——因為我相信。」

金箔飛舞，他竭盡「偶人」的最後魔力。

「最後一定是愛的勝利！」

柏靈頓將「紅線」伸向媽媽。早在這之前，我就已經先將萬雷劍刺進了他的胸口。

「咳……啊…………嘎…………」

我猛然使勁，斬斷了埋在他體內最深處的最後一根線。

突然間——柏靈頓的身體開始變成沒有臉孔的魔法人偶。與人體毫無差別的皮膚質感變成堅硬的金屬，齊劉海短髮的髮型變成短髮。

癱倒下來的那個東西，簡直就像一尊人偶。這恐怕就是「偶人」裝入柏靈頓之前的原本模樣。他的根源透過「紅線」與傀儡世界的主神——傀儡皇貝茲擁有的權能「偶人」相連。

在我用「掌魔滅盡十紫帶電界刃」將「紅線」燒斷後，他的根源已經與「偶人」分離。

如今與身體失去連結，它已經無法再操控「紅線」。想要自行恢復成「偶人」，是不可能的事情。

「如果愛會勝利，那也難怪會是這種結局了。」

我對飄在空中的混濁水球——只剩下根源的柏靈頓說：

「畢竟你被甩了呢。」

§50 【握手】

柏靈頓的根源在眼前飄浮。

他沒有要施展「復活」的跡象。因為無法施展。為了與「紅線偶人」連結，他的根源對原本身體的記憶已被覆蓋。

既然復活所需要的關鍵——他與身體的連結並未刻印在根源上，「復活」便無法正常運作。要是置之不理，他很可能會直接消失，不過現在還不能讓他死去。

「米夏。」

她點了點頭，同時開口說：

「紅色稻草人偶。」

「源創神眼」當場創造出一個紅色的稻草人偶。米夏直眨了眨兩下眼睛。

於是，一根「紅線」從「偶人」身上解開，改綁在那個紅色的稻草人偶上。

而「紅線」的另一端，則綁在混濁的水球——柏靈頓的根源上。

這是她窺看「偶人」的深淵後，仿造出來的容器。只不過，儘管魔力的波長相似，稻草人偶並不具有人體的任何機能。光是施展「意念通訊」說話就竭盡全力了。

「這很適合你呢，柏靈頓。」

我一這麼說，紅色稻草人偶便以充滿屈辱的聲音回應：

『你……你這傢伙……打算做什麼……？』

「當然是要你贖罪了。必須讓你供出毀滅了福爾福拉爾的證詞呢。」

『什麼——』

我緊緊抓住紅色稻草人偶，覆蓋上反魔法讓他無法說話。

「好啦。」

我看向柏靈頓掉在地上的右手。

那隻手掌上仍勉強維持著「掌握魔手」的效果，持續緊握著「極獄界滅灰燼魔砲」。只要手中剩餘的魔力耗盡，恐怕就會釋放出終末之火。

我將萬雷劍收回魔法陣裡，用「掌握魔手」的右手撿起終末之火。

這樣就增幅三次了，不是能隨便釋放的威力。

「要丟到『渴望災淵』裡嗎？」

「海馮利亞的船團降落了。」

米夏淡然地說。

雖說對手是二律僭主，終究無法一直旁觀下去嗎？

既然他們採取行動了，那麼雷布拉哈爾德率領的狩獵貴族們，大概很快就會前往飄蕩在『渴望災淵』裡的樹海船。縱然我不覺得他們會輕率登船，愛歐妮麗雅上沒有乘坐任何人的事情曝光，也只是時間的問題吧。

要讓愛歐妮麗雅逃離很簡單，然而我要是搭船駕駛，這次則會是我不在伊威澤諾的事情曝光。

如此一來，他們或許會自然而然地發現我就是二律僭主。既然序列戰已經結束，我不覺得能繼續用我在魔王列車上的人偶隱瞞到底。

「二律僭主。」

一道聲音這樣叫喚我。

我轉頭一看，那裡無聲無息地出現了一套纏繞著黑暗的全身鎧甲。是暗殺偶人──魯澤多福特的軍師雷科爾。這麼說來，這傢伙也留了下來啊。

「你是柏靈頓的心腹吧？是來向我討回主君的嗎？」

我將紅色稻草人偶拿給雷科爾看。

「沒這個必要。我的目的是那一個。」

雷科爾指著沒有臉孔的魔法人偶──「紅線偶人」。

「哦？意思是你不打算保護元首？」

「我問卿──」

雷科爾以泰然的語調說：

「卿認為那個老是追在姊姊屁股後面跑的元首，真的適合統治小世界嗎？」

原來如此。確實不覺得柏靈頓的行動會是傀儡世界的總體意見。

「答案不言而喻。」

聽到我這麼說，雷科爾靜靜地提出要求。

「我想與卿做一件交易，不知意下如何？」

「你就說說看吧。」

雷科爾指向我背後的魔法人偶。

「假如卿願意歸還那尊『紅線偶人』，我就澈底假扮成二律僭主，操控樹海船愛歐妮麗雅從伊威澤諾出航。」

雖然不知道他是從哪裡看見的，他似乎知道我在扮演二律僭主。算了，既然已經曝光，那就沒辦法了。

「成為魯澤多福特的元首就是你的目的嗎？」

「我目前能夠斷言的事情只有一件。那就是傀儡皇已經指示過我，要在柏靈頓戰敗時回收『紅線偶人』。」

是主神的命令啊……看來那個叫做什麼傀儡皇貝茲的傢伙，對柏靈頓並不怎麼執著。元首跟主神不同，可以替換。他說不定已經找到比柏靈頓更好的元首候補了。

「失去『紅線偶人』，會使得傀儡世界的王位空缺下來。魯澤多福特很可能將會分裂，爆發內戰——傀儡皇對此深感擔憂。」

「紅線偶人」是主神的權能。用來產生元首的紅線，怎麼說都無法製作出第二條吧。就算無端奪取，使得傀儡世界的居民受苦，對我也沒有任何好處。

「我對傀儡世界無冤無仇。如果你能幫我開走樹海船，我沒有理由拒絕這項交易，不過你打算怎樣開動那艘船？」

於是他伸出右手，要求握手。我的右手正以「掌握魔手」抓著終末之火。

現在握手會有什麼下場，他應該不是連這個都不知道的笨蛋。

「有意思。」

當我伸出右手，雷科爾便毫不猶豫地將其握住。

受到他的魔力干涉，「掌握魔手」開始紊亂。經過三次增幅的「極獄界滅灰燼魔砲」隨即失控，漆黑火花在周圍飛舞。

地面全都嘎吱作響地裂開，轉眼間開始化為漆黑灰燼。當終末之火即將熊熊燃燒的瞬間，雷科爾更用力地握住了我的右手。

剎那間，他的手化為紅蓮。那不知是什麼樣的魔法，它以誇張至極的高溫將終末之火徹底毀滅了。

「唔嗯，交給你似乎沒有問題呢。」

「『紅線偶人』就寄放在卿手上。我們在帕布羅赫塔拉再會。」

當他的身體湧出黑暗後，下一瞬間他就像個暗殺偶人一般忽然消失無蹤。也就是在我平安離開伊威澤諾後，他就會用樹海船來交換「紅線偶人」吧。

「喔…………」

此時傳來細微的聲響。

是爸爸。

「怎麼了？」

「……阿諾……斯……………」

爸爸在開口的同時，整個人就像緊繃的神經突然鬆懈下來一樣，渾身虛脫。我用一隻手扶住他險些癱倒的身體。

他似乎暈過去了。

「伯母也是。」

米夏接住暈厥的媽媽。

她的神眼（眼睛）正窺看著媽媽的深淵。

「病情穩定了。」

媽媽對柏靈頓說出的話語，沒有露娜的記憶應該說不出口。

然而媽媽也同時擁有伊莎貝拉的記憶。這是因為利用「記憶石」覆蓋記憶失敗了。

儘管多少會殘留一點影響也說不定，等媽媽醒來再確認吧。爸爸感覺也像是想起了賽里斯的記憶，然而實際上是怎麼樣呢？

由於也能認為是創星艾里亞魯一口氣灌輸太多記憶到腦海裡，使得他暫時陷入了混亂。

不論如何，都沒有媽媽那麼需要擔心。

「回去吧。」

我向米夏說。

可是她就像注意到什麼，將神眼（眼睛）朝向其他方向。

我循著她的視線看去。在她的視線前方，有災人伊薩克沉睡的冰柱。

「要醒來了。」

米夏說完的瞬間，「劈啪」一聲，響起就像將某個物品撕裂一般的聲響。

那塊冰上出現一道巨大的裂縫。冷空氣朝周圍滿溢而出，逐漸瀰漫室內，不過只到這種程度就止歇了。

儘管稍微等待了一會兒，仍舊沒有出現更多變化。當我將視線轉向米夏後，她便眨了眨眼睛。

「……睡回籠覺了……？」

「還真是會賴床啊。」

話雖如此，既然他想賴床，那就讓他繼續睡吧，這樣反而省得麻煩。

我施展「飛行」讓「紅線偶人」浮起，施展「轉移」的魔法。幻獸塔的入口並未關上，而且杜米尼克與雷貝龍皆已死去，所以阻礙轉移的反魔法已不復存在。當視野瞬間染成純白一片後，我們便抵達魔王列車的司機室。

「……咦？阿諾斯？」

莎夏一臉吃驚地朝我跑來。

「辛苦妳了。這邊的事情已大致解決了。」

我讓爸爸和媽媽躺在米夏創造的床鋪上，然後將「紅線偶人」放到地上。

「這樣是很好啦，可是既然阿諾斯來到這邊了，那麼現在是誰在操控那個啊？」

魔王列車目前正在「渴望災淵」上空低速盤旋。

下方能看到雷布拉哈爾德率領的海馮利亞船團，以及娜嘉、波邦加和珂絲特莉亞。

「渴望災淵」湧起一道巨大水柱。巨大的樹海船愛歐妮麗雅才剛緩緩浮上水面，便忽然脫離水面急劇升空。

數十艘銀水船注視著它的動向，同時讓開一條道路。既然二律僭主想走，那他們大概也不打算阻撓，造成不必要的損害吧。

愛歐妮麗雅朝著黑穹一個勁地迅速上升。海馮利亞的船團一面保持一定的距離，一面追逐那艘船。

「是魯澤多福特的軍師。銀海還真是廣闊啊。即使跟不可侵領海相比，他恐怕也絲毫不遜色。」

伊威澤諾的人們也不打算認真追逐，眼睜睜看著樹海船漸漸離開銀泡──除了一名想接近樹海船的少女。

「等等。」

是珂絲特莉亞。

她一面在全身纏繞漆黑粒子，一面以驚人的速度飛出，緊追著樹海船不放。

「喂！等等！你聽見了吧？再不停船，就別怪我射擊了。」

她將獅子傘爪維加爾夫的前端對準樹海船。

「好好好，到此為止吧，珂絲特莉亞。」

娜嘉繞到珂絲特莉亞前方，用腳尖踏住維加爾夫。

「讓開。」

「乖乖聽話。那不是能憑著一時衝動出手的對象。」

「我又沒說要和他吵架！只是要稍微打個招呼罷了。讓開。」

珂絲特莉亞用傘爪彈開娜嘉的腳。

「波邦加。」

「好。」

波邦加從後面飛來，用獅子右臂架住了坷絲特莉亞。

「就到此為止吧，姊妹。」

「放開我，怪力男！序列戰時連牽制都做不好，只有扯自己人後腿的能力獨當一面呢。笨蛋、無能，去死啦！」

珂絲特莉亞亂動掙扎，不過趁著這個機會，樹海船已經從黑穹加速飛離銀泡了。

『已確認二律僭主離開伊威澤諾，感謝各位的協助。』

奧特露露傳來的「意念通訊」響起。

『阿諾斯元首、娜嘉代理元首，請兩位來聖船艾露托菲烏絲一趟。元首雷布拉哈爾德有話要說。』

好啦，那個對法律嚴格的男人會怎麼出招呢？

娜嘉的意圖也很令人在意。她確實和柏靈頓聯手了，不過應該不是發自內心服從他。

「媽媽就交給妳了。」

當我這麼說完，米夏便點了點頭。

「應該不會演變成要和那個大船團戰鬥的狀態吧？」

莎夏直瞪著我。

「先做好準備吧。」

我推開司機室的車門，朝著能在下方看到的巨大方舟——聖船艾露托菲烏絲飛降而去。

§ 51 【變遷】

我降落到聖船艾露托菲烏絲的甲板上。

兩側整齊排列著穿著鎧甲的狩獵貴族們，聖王雷布拉哈爾德與奧特露露站在中央等候。

我才剛覺得他的臉上掠過一道陰影，乘坐輪椅的娜嘉便從上空降落到艾露托菲烏絲上。

我們三人互相面對著彼此。假如以線條相連，我們的位置正好形成了一個三角形。

雷布拉哈爾德帶著平穩的表情靜靜地說：

「抱歉把你們叫到這艘船上。希望你們能理解，我沒有其他意圖。」

「無妨。」

娜嘉接在我後面說：

「與其說這些，倘若你們能儘早離開伊威澤諾，我會非常感激。二律僭主已經離去，你們應該沒有繼續留下來的理由了吧？」

她帶著友善的表情委婉地提出要求。

「我從一開始就這麼打算。」

雷布拉哈爾德才開口，聖船便開始上升。

應該很快就會駛出銀海。魔王列車與艾露托菲烏絲並列飛行，開始上升。海馮利亞的船團也同樣開始脫離伊威澤諾。

「這樣妳就能安心交談了吧？」

「也是呢。不過，我們要談什麼呢？」

娜嘉瞇著雙眼，裝傻似的提出疑問。回答她的不是雷布拉哈爾德，而是奧特露露。

「娜嘉代理元首，方才已確認到你們幻獸機關的所長——杜米尼克遭到殺害。」

娜嘉毫不驚訝，以一副泰然自若的表情聽著奧特露露的發言。

「杜米尼克所長所佩戴的校徽向帕布羅赫塔拉發出了界間通訊。根據魔法紀錄解析的結果，確定他死後待在身旁的人是米里狄亞世界的阿諾斯·波魯迪戈烏多元首。」

娜嘉還是沒插話，一臉若無其事的表情聽著。於是，雷布拉哈爾德將視線轉向我。

「我們不會因為當時你在附近，就斷定你是犯人。畢竟你同為帕布羅赫塔拉學院同盟的元首，在認為你對同盟世界的重要人士下手之前，我們想先講求證據。你能明白嗎？」

他的態度很冷靜。不只是言語，甚至沒有一絲懷疑的跡象。

「你想知道什麼？」

「我們已知杜米尼克遭人殺害的時間，正好在銀水序列戰的途中。阿諾斯，這意味你私自離開序列戰，並前往了伊威澤諾的幻獸塔。雖然這本身是一個問題，當前我們有更重要的事情需要處理。」

雷布拉哈爾德有條有理地向我詢問：

「你能告訴我，那裡發生了什麼事嗎？」

假如無法作出能讓他接受的解釋，大概又會演變成麻煩的情況。

「我已揭穿毀滅夢想世界福爾福拉爾的主謀身分。」

我將手上的紅色稻草人偶拿給雷布拉哈爾德看。他將魔眼（視線）轉過去，窺看它的深淵。然後，他輕輕嘆了口氣。

「這是魯澤多福特的元首柏靈頓吧。」

「這傢伙就是毀滅福爾福拉爾的犯人。動機是為了得到我的母親。此外，他還以『紅線』覆蓋了杜米尼克的記憶，將他變成服從自己的人偶。」

「也就是說，你主張杜米尼克也是被柏靈頓殺害的嗎？」

「沒錯。另外就是——」

我以拇指指著娜嘉。

「這傢伙也參與其中喔。」

「原來如此。他是這麼說的，請問幻獸機關的見解如何？」

雷布拉哈爾德將視線轉向娜嘉。

「大致上就跟阿諾斯說的一樣。」

她毫不遲疑地說：

「雖然不知道聖王先生掌握到多少消息，柏靈頓在成為魯澤多福特的元首之前，曾是伊威澤諾的居民。我們曾經進行交流，同時也締結了某種程度的同盟關係。不過，福爾福拉爾會滅亡是柏靈頓的獨斷獨行。儘管曾經懷疑過他，我們也沒有確鑿的證據。」

「既然如此，你們為什麼沒向帕布羅赫塔拉通報這件事？」

面對雷布拉哈爾德的追究，娜嘉毫不畏懼地說：

「因為伊威澤諾就快到達極限了。要是主神一直沉睡，銀泡就永無穩定之日。裁定神小姐應該能明白吧？」

雷布拉哈爾德轉頭看向奧特露露。

「奧特露露已確認過了。伊威澤諾有部分神族遭到幻獸附身。伴隨著這點，小世界的秩序變得比以前更不穩定。」

「伊威澤諾的秩序原本就受到『渴望災淵』影響。受控制的天災與有理性的瘋狂，這就是災淵世界的根本呢。可是，自從主神沉睡之後，小世界的秩序就逐漸衰弱。再這樣下去，災淵世界的全體居民將會喪失理智，受到渴望所支配。」

雷布拉哈爾德一臉認真地問：

「我可以認為妳有辦法證明這件事吧？」

他大概知道娜嘉能隨意說出任何謊言的特性吧。不過，她也不是笨蛋。考慮到這點，她應該不會在這種時候隨便撒謊。

「之後我會讓人調查到滿意為止。不是讓你，而是讓奧特露露呢。」

雖然她會拿出證據，應該不打算讓聖王搜索。

靈神人劍與毀滅獅子。幻獸們與狩獵貴族。自古以來，伊威澤諾與海馮利亞就處於敵對關係。即使他們現在已經加盟帕布羅赫塔拉，也只有表面上的關係發生變化。

「奧特露露會在之後進行確認。」

「我們保持沉默的理由大概就是這樣。縱然不知道會發生什麼事，我們也只能喚醒災人伊薩克了，而我們請柏靈頓協助這件事。所以，在證據確鑿之前，我們也無法做出會妨礙他的行為。」

唔嗯，原來如此。

「幻獸塔裡設置了意圖融化災人伊薩克冰柱的術式。由於我們在伊威澤諾造成了騷亂，他說不定已經開始甦醒了。」

當我這麼說完，雷布拉哈爾德瞬間朝我投來銳利的眼神。

冰柱裂開，災人有一瞬間差點甦醒。能認為他對外頭的世界產生了興趣。

「不想讓我進入伊威澤諾的人是柏靈頓。而儘管假裝在協助他，實際上卻想讓我與災人見面的人則是妳——娜嘉。」

娜嘉就像肯定似的揚起微笑。

「阿諾斯，你是近乎完全體的亞澤農的毀滅獅子。所以我認為，災人一定也會對你感興趣呢。事情能進行得這麼順利，真是太好了。」

娜嘉最大的目的就是喚醒災人伊薩克嗎？雖然他們毀滅獅子與柏靈頓之間締結同盟、互相協助，彼此之間並沒有信賴關係。

柏靈頓的目的是要與姊姊露娜．亞澤農共結連理。即使他達成了這個目的，對娜嘉等伊威澤諾的居民也沒有任何好處。

「可是妳似乎對災禍淵姬很感興趣？」

娜嘉不禁輕輕笑了笑。

「你以為會有對母親不感興趣的孩子嗎？」

「天曉得。不論如何，妳都讓媽媽面臨危險了。」

「危險？明明有你在她身旁？」

唔嗯，真是棘手的女人。她或許已經察覺到，僅憑藉柏靈頓的實力，是怎麼樣也比不上我。儘管這是事實——

「畢竟妳是個騙子呢。」

「這我無法否定。」

無法確定她有多少是真心的。

「我理解你們的說法了。」

雷布拉哈爾德說：

「就結論來說，不論是毀滅福爾福拉爾，還是殺害杜米尼克，全都是柏靈頓獨斷計劃的事項，我可以認為這是你們的主張嗎？」

「我不知道那個女人是怎麼想的。」

「唉呀？我明明都幫阿諾斯說話了，你就算為我辯護幾句不是也很好嗎？」

我與娜嘉互相對視。

「關於輕微的違規行為，我們稍後再來討論。首先請讓奧特露露確認這次的事實。」

「收到。阿諾斯元首，能請您將那個稻草人偶交給我嗎？」

奧特露露施展了「裁定契約」。

上頭記載著有關柏靈頓的審訊結果，將會以公平公正的方式進行發表的內容。我在契約上簽字，並將柏靈頓拋向奧特露露。祂則用雙手接住了它。

「感謝您的協助。」

裁定神就目前為止的表現來看，一直保持中立。

信賴祂應該不會有什麼問題。假設沒有出現公正的結果，那也無所謂。這樣就能明白帕布羅赫塔拉的腐敗之處了。

「當一切結果出爐後，就包含當事者的米里狄亞在內，舉行六學院法庭會議吧。」

雷布拉哈爾德說：

「視情況而定，說不定也讓深層講堂以下的學院參加比較好。假如阿諾斯元首真的活捉到毀滅福爾福拉爾的主謀，那麼依照帕布羅赫塔拉的通知，米里狄亞世界將會成為聖上六學院的一員。」

這麼說來，確實曾聽討論過這件事呢。

「法律即是正義。可是，讓沒有主神的泡沫世界加入聖上六學院，是前所未聞的情況。要讓眾人理解，或許會很辛苦。」

「無所謂不是嗎？」

娜嘉說：

「就算不去顧慮弱小世界的眾人也無所謂。打從最初就是這樣的規矩吧？」

「並非如此。雖說是正義，若是以此欺壓他人，那麼就與暴力無異。必須盡可能地讓眾人接受。」

「聖王先生似乎是愛操心的個性呢。要是不注意，可是會被幻獸附身喔？」

「感謝妳的忠告。我一直都在努力避免這種情況發生。」

面對娜嘉的笑容，雷布拉哈爾德也以笑容將話題輕輕帶過。她的輪椅隨即以「飛行」的魔法浮起。

「已經沒事了吧？法庭會議會在何時舉行？」

「有許多方面需要調查，因此請給我三天的時間。法庭會議就定在四天後，在帕布羅赫塔拉舉行。」

奧特露露回覆。

「那麼就四天後見了。」

「代理元首。」

雷布拉哈爾德向正要飛離的娜嘉說：

「我能體諒災淵世界的情況，然而災人伊薩克是被指定為不可侵領海的對象。我建議妳避免獨斷決定，尋求法庭會議的判斷。」

「在四天後之前，我們什麼事都不會做喔。」

娜嘉這麼說著，然後飛著離去了。這艘聖船艾露托菲烏絲早已穿越黑穹，正在銀海上飛行，大概是伊威澤諾派船來迎接了吧。

「儘管我很想和你慢慢聊，很不巧我必須得在媽媽醒來的時候陪在她身旁才行。」

「那還真是遺憾。」

雷布拉哈爾德如此回答我。

當我仰望上空時，那裡已形成一條銀燈軌道。魔王列車正在銀海上行駛，而傑里德黑布魯斯則飛在一旁。當我施展「飛行」，他便開口詢問：

「阿諾斯元首，你和二律僭主是什麼關係？」

「沒什麼，就只是一起玩過球的交情。不過，他其實是個相當好商量的男人喔。」

我一面往上方飛去一面反問：

「我也問你兩三件事情吧。你應該知道靈神人劍並不是被米里狄亞世界偷走的。」

他沒有立刻作出任何答覆。

而是泰然自若地將視線轉向我，隨後慢慢地開口說：

「我很抱歉對你造成了麻煩。海馮利亞內部產生了各種誤會。」

「是因為你必須隱瞞某個人物的存在嗎？」

我判斷只要不提到露娜．亞澤農的名字，他應該就能回答問題，於是這樣詢問。

「或許是這樣吧。」

「到魔王學院的宿舍來吧。我會讓你看到一萬四千年前那場戰鬥的結果。」

經過數秒的沉默，雷布拉哈爾德說：

「不好意思，我已經和身為男爵的時候不同了。如今的我，是統治海馮利亞的聖王。」

「哦？」

這是他已經無法再像過去幫助露娜．亞澤農時那樣行動的意思嗎？的確，跟當時相比，他的個性與行動確實有點變了。

是當上海馮利亞元首的重責改變了他嗎？或是發生了什麼事，讓一萬四千年前的雷布拉哈爾德改變了嗎？

「嗯，好吧。要是你有興趣，隨時歡迎你聯絡我。」

雷布拉哈爾德一語不發地看著我。

聖船艾露托菲烏絲改變航向，緩緩地駛離這片海域。

§ 52 【夢見關於少女的夢】

帕布羅赫塔拉宮殿停機庫——

魔王列車從水中浮起，包覆車體的氣泡破裂消失。全車門一齊開啟，魔王學院的學生們一副疲憊的模樣走出來。

巴爾扎隆德的部下，兩名狩獵貴族走出車廂。

「阿諾斯元首。」

巴爾扎隆德在司機室說：

「感謝你的協助。假如可以，我本來想由我們狩獵貴族親手逮捕讓福爾福拉爾滅亡的主謀，不過我對這個結果毫無不滿。多虧了你，讓我們能夠告慰他們在天之靈。」

巴爾扎隆德的臉上充滿哀悼之意。

「你和福爾福拉爾有交情嗎？」

「我們曾一同作為聖上六學院互相切磋琢磨，理由這樣就夠了吧？」

我從坦承不諱的他身上感受不到一絲私利私欲。

「我很期盼你們作為新的聖上六學院，與海馮利亞一同並肩前進的日子。再會了。」

巴爾扎隆德颯爽地轉身離去。才剛這麼想，他就不知為何地原地轉了一圈，再度轉身面向我。

「怎麼了嗎？」

「我有件事忘記說了。」

巴爾扎隆德一臉認真地說。

還真是個靠不住的男人。

「我使用弓箭的事情，希望你不要外傳。」

「我不會說。」

於是，巴爾扎隆德這次真的轉身離去了。

我面對他的背影說：

「雷布拉哈爾德或許早就發現柏靈頓原本是伊威澤諾的居民了。」

巴爾扎隆德停下腳步。

「在作為這一連串事件開端的一萬四千年前，柏靈頓那時便已經擁有『紅線』的力量，他即使察覺到這件事也不奇怪。」

倒不如說，我不覺得他察覺不到。他可是能將靈神人劍運用自如，足以斬斷露娜身為伊威澤諾居民的宿命，擁有這等實力的男人。認為他的魔眼也有相當的水準，肯定不會錯。

既然如此，要是他從未懷疑當時的柏靈頓與魯澤多福特的柏靈頓其實是同一個人，反而會讓人感到奇怪。

而且，假如是這樣，有關福爾福拉爾滅亡一事，雷布拉哈爾德應該也會對柏靈頓抱持懷疑才對。

事情就發生在伊威澤諾和米里狄亞剛加盟帕布羅赫塔拉的時機。

當時他是最容易採取行動的人。要是海馮利亞有留意，事態根本不會演變成這樣。

「既然任由柏靈頓恣意妄為，那麼帕布羅赫塔拉會陷入混亂也是在所難免。不過，或許聖王有無可奈何的苦衷。」

巴爾扎隆德依舊背對著我，微微垂下頭。

「既然是親戚，你難道沒有頭緒嗎，巴爾扎隆德．弗雷納羅斯？」

雷布拉哈爾德在男爵時代的姓氏是弗雷納羅斯。從他帶著巴爾扎隆德出席法庭會議這一點來看，就能知道巴爾扎隆德與他關係親近，深得他的信賴。

「陛下他……」

巴爾扎隆德緩緩轉頭看來。

「聖王已經變了。我所尊敬的那個重視義理與榮耀的兄長，已經不在這個世上。」

留下這句話後，他便離開了。

「唔嗯。」

不論哪一個小世界，都有自己的問題吧。

『阿諾斯。』

莎夏傳來了「意念通訊」。

『伯母似乎恢復意識了，可是樣子有點不太對勁。』

「我立刻過去。」

我施展「轉移」，轉移到讓媽媽躺著的車廂裡。

米夏與艾蓮歐諾露憂心忡忡地看著躺在床上的媽媽。爸爸則躺在一旁的床上沉睡。

莎夏立刻跑向我。

「妳說樣子不對勁是怎麼回事？」

「她從方才就一直在夢囈，說自己忘了重要的事……」

我走到床邊低頭看著媽媽。

於是——

「……為……什麼……？」

她閉上的雙眼滲出淡淡淚光。

媽媽彷彿夢囈一般，但是相當迫切地說：

「……我竟然忘記了……明明是這麼重要的事……這麼重要的……」

在場所有人全都憂心忡忡地注視著媽媽。

「該不會——」

正當莎夏想說什麼時，媽媽突然睜開眼睛。

然後，她一看到我就急迫地說：

「小諾，該怎麼辦才好！媽媽竟然忘記把小諾照顧我的樣子拍下來了……！」

莎夏露出難以形容的表情，米夏則直眨著眼睛。艾蓮歐諾露驚訝地張大嘴巴，潔西雅與安妮斯歐娜則一臉困惑。

「唔嗯，莎夏，妳說的『該不會』是指什麼？」

「……為什麼病人會想要拍照啦……」

媽媽猛然起身說：

「可是，小莎！被小諾照顧是很罕見的事情耶！」

莎夏轉頭看向我。

「你就照顧伯母一下啦。」

米夏微歪著頭詢問我：

「因為治好了，所以辦不到？」

「是啊。」

「啊～原來如此、原來如此。既然有阿諾斯弟弟陪著，那麼就很少會生病，所以也沒機會讓他照顧了。」

艾蓮歐諾露就像恍然大悟似的大聲說。

而就在這時——

「放心吧，伊莎貝拉。」

隔壁床上傳來聲音。

那個人不是別人，正是爸爸。他才剛起床就擺出一張冷酷的表情。

「在妳病倒的時候，妳以為我做了什麼？」

爸爸這麼說著，拿起擺在床邊的魔法照相機。那是他作為攝影師，最近一直背在肩上的東西。

「親愛的……」

看到媽媽的雙眼閃閃發光，爸爸便溫柔地點了點頭。

「完美無缺。阿諾斯的英姿就收藏在這裡。」

「伯母病倒的時候，你在做什麼啦……」

莎夏發出抱怨似的吐槽。爸爸從床上爬起，轉動魔法照相機的操控桿。在他的操作下，魔法照相機畫出一道魔法陣，將照片逐漸顯影出來。

「第一張。」

爸爸迅速遞出了第一張照片。

畫面晃動得很厲害，已經連在拍什麼都看不出來。

「這是什麼……？」

「……好模糊？」

莎夏與米夏分別說。

「是阿諾斯正在照顧躺在床上的伊莎貝拉！」

「唔嗯，媽媽突然倒下，所以陷入動搖了嗎？」

難怪他的手抖得這麼厲害。

爸爸再度轉動操控桿。

「第二張。」

照片上只有拍到深海裡的畫面。

「什麼都沒拍到喔？」

「……是…………靈異照片嗎……？」

艾蓮歐諾露與潔西雅分別說。

「是為了生病的伊莎貝拉，正在與敵人交戰的阿諾斯！」

「沒辦法完全跟上我的動作嗎？」

「你覺得能跟上才讓我嚇一跳。」

爸爸再度轉動操控桿。

「第三張。」

整張照片都是魔眼（眼睛）的特寫。

「沒一張拍得清楚嘛！」

莎夏立刻就吐槽了。

「看來不小心把畫面放大了。」

「這種事常發生。」

當米夏像這樣幫忙說話，爸爸便坦蕩地說：

「沒了。」

「你拿出來有意義嗎？」

「我想展現一下自己努力過了……」

「你是笨蛋嗎！」

莎夏的聲音響徹開來。到頭來，像是我在照顧媽媽的照片似乎一張也沒有拍到。

「……這是……柏靈頓……？」

媽媽坐在床邊看著照片喃喃低語。那隻魔眼(眼睛)確實是柏靈頓的。

「妳記得嗎？」

當我詢問後，媽媽便困惑地點了點頭。

「……我感覺就像作了一場夢。一場很漫長的夢……感覺那就像真正的記憶……我以前的名字是露娜．亞澤農，柏靈頓是我的弟弟……然後，我去了遙遠的世界……」

媽媽從照片上移開視線，緩緩地抬頭望去——

——望向爸爸。

「……覺得我好像遇見了你……」

媽媽把手疊在爸爸的手上。

「我應該說過自己一直在等待妳才對。在這個時代與妳相遇的時候。」

如此說道的爸爸莫名沉穩，彷彿是前世的賽里斯．波魯迪戈烏多。

「親愛的……？」

「我可能想起來了。小米帶來的創星艾里亞魯，妳還記得吧？當我看到那段記憶時，總覺得自己漸漸回想起一切。沒錯，在兩千年前，不對，是七億年前，露娜，我是妳的——」

爸爸一臉認真地說：

「——寵物吧。」

「那是幻獸紅貓吧！你是不是混了奇怪的記憶進去啊？」

緊接著爸爸以粗野的聲音說。

彷彿是賽里斯．波魯迪戈烏多一樣。

「寵物不語，只懂撒嬌。喵喵，喵喵。喵喵喵。」

「賽里斯才不會說這種話！米夏，這沒問題嗎？該不會是創星艾里亞魯造成的副作用，或是『紅線』的影響？」

米夏困惑地微歪著頭。

「……跟平時一樣？」

「……這……這麼說的話也是啦……還真是令人混淆……」

媽媽「呵呵」笑了笑。

「能看到前世的你，有種賺到的感覺呢。」

「……我也是。」

爸爸低聲說。兩人靜靜地對望。

他或許還保留一點記憶吧。這麼做說不定是在掩飾害羞。潔西雅踏著小碎步走來，在爸爸和媽媽之間探出頭。

然後，她拿出手上的創星艾里亞魯。

「潔西雅……想知道……後續……」

「嗯？後續是指什麼啊，小潔？」

媽媽提出疑問。

「露娜和……賽里斯的後續……兩千年前，他們生下了……阿諾斯……露娜和賽里斯死了，但是重生了……然後，他們怎麼了……？」

爸爸與媽媽面面相覷。

「啊～這我也有點想知道喔！」

艾蓮歐諾露豎起食指。在我回來的路上，已經有幾個好奇的人已經透過創星艾里亞魯看過過去了。

「就算妳們這麼說，對吧……？」

「是、是啊！這或許是我們前世的事情，不過我完全不記得了……」

「沒、沒錯！已經不記得了呢！」

艾蓮歐諾露看著默契十足想要敷衍話題的兩人說：

「嗯～？可是這是轉生之後的事情，所以跟前世無關。只要告訴我們，你們這輩子是如何相識的就好了喔？」

「如何相識的……」

難得看到媽媽一臉害羞地低下頭。

「是、是怎樣呢？畢竟是很久以前的事了。」

爸爸則和平時一樣，動搖得十分明顯。

簡單來說，就是他的臉抖個不停。

「對、對了！媽媽必須去烤麵包才行！因為暫時休息了一陣子，學院的大家肯定都很期待呢！」

媽媽猛然從床上站起身。

「是、是啊！妳說得沒錯！我也會幫忙！今天就連同休息的份一起努力烤麵包吧！」

兩人互相點頭，就像要逃跑似的準備離開魔王列車。

途中媽媽忽然搖晃了一下。

我扶住她險些跌倒的身體。

「……謝、謝謝，小諾。對不起，我以為已經沒問題了。」

「妳大病初癒，還是不要勉強自己了。」

我輕輕抱起媽媽。

「麵包就交給米夏她們去烤吧。我今天一整天都會照顧妳。」

媽媽在我懷中愣了一下，隨即露出滿面的笑容。

「謝謝你，小諾……！小諾真是太溫柔了！媽媽就算病一輩子也無所謂喔！」

我將緊緊抱上來的媽媽抱在懷中，離開魔王列車。米夏她們與爸爸則帶著開朗的表情跟在後頭。

「伊杰司。」

獨自留下、正在回收創星艾里亞魯的冥王轉頭看向我。

「那裡頭記錄了你的前世，你先看一下。」

「遵命。」

我一走下列車，便邁步朝宿舍走去。

「對了，小諾。」

「什麼事？」

媽媽「呵呵」笑了笑。

「謝謝你生下來！謝謝你成為媽媽的孩子。」

「怎麼了，突然說這種話？」

「因為我就是想說嘛。」

爸爸突然跑了起來，一臉開心地將魔法照相機對準我和媽媽。

相較於亡靈時代的父親簡直判若兩人。

然而實際上，他一點也沒有變。或許他一直在壓抑這份情感吧。

「爸爸，你幸福嗎？」

「笨、笨蛋，你！你在說什麼啊！我要是不幸福，這世上就沒有幸福的人了……！」

爸爸一面害羞地說，一面連續按下快門。

看得出來他相當動搖。

「媽媽呢？」

當我詢問後，媽媽便「呵呵」笑了笑。

「我有小諾陪著我，有爸爸陪著我，還有伊杰司、小雷、小米和小莎他們陪著，每天都過得很快樂吧？」

安妮斯歐娜拍打頭上的翅膀飄浮起來。被她抬起的潔西雅指著自己，展現存在感。

「還有小潔、小安妮，以及小艾蓮陪著我，我真的很開心喔。」

潔西雅一臉滿足地微笑，艾蓮歐諾露輕撫著她的頭。

「雖然超乎預期地發生了許多事情，這正是媽媽的夢想。我一直一直一——直夢想能建立一個像這樣美好的家庭呢。」

媽媽一臉真的很高興的模樣說。

同時帶著燦爛無比的笑容，彷彿終於實現長久以來的夢想。

「謝謝你，小諾。謝謝你，親愛的。我相信，沒有比這更幸福的事了。」

§ 終章 【～話語～】

我一直在尋覓。

在這片廣闊的大海上，尋覓唯一的你。

不論重生多少次，我都一定會……

十年前，米里狄亞世界的亞傑希翁洛札村——

在下著淅瀝細雨的午後，踏著水坑的馬蹄聲響起，一輛豪華的馬車停在普通民宅前。

馬車車廂上印有蓋拉帝提王室的紋章。

「伊莎貝拉，伊莎貝拉……！」

老婆婆驚慌失措的聲音在屋內響起。那是伊莎貝拉的奶奶——梅莉亞的呼喊。

「好～的，再稍等一下喔。就快烤好了。」

正在廚房烤派準備點心的伊莎貝拉溫柔地回答。

奶奶踏著匆忙的腳步趕來。

「不是這樣！妳出大事了！蓋拉帝提的王子大人來我們家了！他說是來找妳的，妳到底做了什麼啊？」

「蓋拉帝提的王子大人？」

伊莎貝拉走出廚房，困惑地微歪著頭。

「我不清楚耶。」

「妳不清楚……那是找錯人了嗎？啊啊，說得也是呢。像我們這種平民，王子大人怎麼會親自來訪——」

「我沒有找錯人。」

當奶奶轉身時，一名青年已走進屋內。他穿著王族服飾，身後跟隨兩名士兵。

「我日前曾微服參加前陣子的舞會，妳還記得我嗎？」

伊莎貝拉回想著記憶。

「啊……你是珠寶商傑克先生的重要客戶……約翰先生……」

當時還是見習鑑定士的伊莎貝拉，因為她精準的鑑賞眼光而受到首都寶石商的青睞。透過這層關係，她也參與了那場舞會，並在那裡被介紹給眼前的這名青年。

「在舞會上，我未能正式自我介紹，請容我重新向妳問好。我是蓋拉帝提的第四王位繼承人，約翰．恩杰羅。」

「歡迎您蒞臨我們這種卑微之人的寒舍。我們不善禮儀，還請您原諒我們的無禮。」

梅莉亞慢慢彎曲膝蓋，試圖跪下。

伊莎貝拉悄悄地讓她扶住自己的肩膀。

「還好嗎？奶奶？動作慢一點喔。」

「妳的膝蓋不好吧？不用勉強下跪行禮。妳也是，伊莎貝拉。」

約翰溫柔地說。

伊莎貝拉微微低頭行禮。

「那個……王子大人，請問您今天造訪寒舍有什麼事……？」

「我將妳遺忘在舞會上的東西帶來了。」

伊莎貝拉露出困惑的表情。

「……我並沒有忘記什麼東西——」

她驚訝得啞口無言。

因為約翰拿出一個戒指盒，將其打了開來。

盒內裝著一枚好幾克拉重的鑽石戒指。指環是黃金製的，並且帶有專屬於王室成員的特殊裝飾。

「妳忘了帶走我對妳的話語。自從那一晚的舞會後，我就一直對妳念念不忘。」

約翰默默在伊莎貝拉面前跪下，然後說：

「伊莎貝拉，請妳嫁給我。我會準備一切妳所想要的事物，我發誓絕對會讓妳幸福。」

奶奶感激地用雙手遮住眼睛。

眼淚從指縫間微微滲出。

「啊啊，活這麼久真是太好了。這樣我也能安心到那個世界——」

「對不起。」

一股寂靜突然籠罩室內。

尷尬的沉默持續了數秒。

約翰王子也無言以對的樣子。他並未傲慢到認為自己不會被拒絕，卻到底沒想到王族的求婚竟然會被當場斷然拒絕。

「……這樣啊。像妳這麼出色的女性怎麼可能沒有心上人，是我太心急了……」

「不，我並沒有心上人。」

尷尬的沉默再度籠罩室內。

王子露出無地自容的表情，身後的兩名士兵也顯得不知所措的樣子。

「……能告訴我理由嗎？」

約翰王子就像不甘願放棄地問。

「我並不是希望妳才剛認識我就立刻作出決定。我希望妳能先了解我的為人，尤其是我對妳的情感。要是有不好的地方，我會努力改善，讓自己成為配得上妳的男人。伊莎貝拉，要是即使如此，妳還是不願意接受我的求婚，那麼也沒有關係。所以，希望妳不要急著作出結論。」

「好啦，伊莎貝拉，王子大人都這麼說了喔？妳就稍微考慮一下吧……？」

梅莉亞幫王子勸說。

因為她不希望個性古怪的孫女作出會讓自己後悔的輕率判斷。緊接著，伊莎貝拉以悠哉的語調說：

「王子大人，我是個雨女。不論是出生的時候、學校入學測驗的時候，還是被目前的店家僱用的時候，我人生重要的時刻總是在下雨。」

她就像突然改變話題。

即使如此，約翰還是認真傾聽，附和她的話語。

「如果您能讓這個雨聲停止，我就再考慮一下。」

約翰斂起表情。

讓雨停止根本是不可能的事情。

「……看來再繼續糾纏下去，只會讓自己更加丟臉……」

他大概以為這是拒絕的藉口。王子怎麼說都察覺到婚事無望了。

伊莎貝拉深深地低頭行禮，約翰轉身離開她的家。

從窗戶確認到王家馬車駛離視線範圍後，奶奶梅莉亞就像緊繃的絲線突然鬆懈下來一般吁出一大口氣。

「……妳還真是膽大包天。儘管我也很驚訝王子大人竟然會對妳一見鍾情，完全沒想到妳會這麼乾脆地拒絕求婚……」

梅莉亞蹣跚地走向椅子。伊莎貝拉牽起她的手，攙扶著她。

「對不起，奶奶。雖然我曾經想過，要是嫁到王宮，奶奶也能過上悠閒的生活……」

「妳不用放在心上。我是一個只懂得農活的農民，並不適合王宮裡的生活。反正我也沒剩多少日子好活，所以也不打算離開這個村子。」

梅莉亞慢慢坐在安樂椅上。

「我擔心的是妳啊。妳容貌姣好、性情溫和，是我引以為傲的孫女啊。即使有些古怪的地方，卻不可思議地討人喜歡。」

或許是感覺到疼痛吧，奶奶伸手輕撫膝蓋。

「所以有許多男人對妳一見鍾情。有溫柔的男人、村裡最英俊的美男子，甚至還有富豪、學者、戰士，以及貴族。最後竟然連王子大人都來求婚了。可是，妳對誰都一副不感興趣的樣子。」

伊莎貝拉含糊地笑了笑。

「自從妳的父母過世後，我就一直努力想把妳嫁出去。然而看妳這樣，妳要我怎麼安心離開啊。」

「既然如此，那我或許不嫁人也好。」

雖然梅莉亞表情平靜，卻默默地搖了搖頭。

「真是傷腦筋的孩子呢。就算妳這麼說，我也不能一直讓老伴等下去啊。」

伊莎貝拉也想在奶奶健康的時候，讓她看到自己穿上新娘禮服的模樣。

可是不對。即使對方多麼溫柔、多麼英俊，就算是富豪、學者、貴族，甚至是王子——都沒有一個人能打動她的芳心。

她自己也不明白為什麼會這樣。

她並不是對愛情毫無憧憬。

有時也會和同齡的女孩們一起愉快地聊著戀愛的話題。

即使如此，不論是被誰求愛，她都覺得不對。即使是會讓普通村姑羨慕的婚事，她也感受不到任何魅力。

她自己也對此感到不解。

總覺得自己一直在等待。

等待不曾見過的那個人。

從很久以前，就一直一直在等待。

由於這種事只會讓奶奶擔心，她無法對她傾訴。

無法對任何人傾訴。

「我去工作了。必須把鑑定好的東西送過去。」

「喔，路上小心啊。」

伊莎貝拉將烤好的派從石窯裡取出放好，讓梅莉亞隨時都能享用後，便出門去了。

工作內容就像簡單的跑腿一樣。將東西送給顧客、收取費用，稍微閒聊一下，然後工作就結束了。

她一走出屋外，就發現雨勢變大了。

「……真是傷腦筋呢……」

伊莎貝拉撐起傘，鼓起勇氣邁開步伐。儘管她在雨中走了一段時間，雨勢卻越來越大，雨聲在傘面與地上響起。踏在水坑上的腳濺起雨水，發出水聲。伊莎貝拉就像逃跑似的，躲進附近一間老舊教堂裡避難。

「……不好意思打擾了……」

她對教堂內呼喊：「請問能借地方躲雨嗎？」

然而無人回應。室內布滿灰塵，建築也已經破損。這裡說不定是一間不再使用的教堂。

她走向祭壇。

她想暫時在這裡等雨勢減弱。她有帶傘，而且雨勢雖然很大，卻沒大到回不了家。

不過有一個問題。

伊莎貝拉討厭雨聲。

她總覺得雨聲會讓自己想起討厭的事。

非常非常討厭的事。

有人陪伴時還可以忍受，然而一旦獨處，她便會沒來由地流下眼淚。即使追溯記憶，她也什麼都想不起來。

可是她會不由自主地感到悲傷。不論怎麼希望，都無法傳達給重要的人。

這種毫無根據的感覺，在她的內心深處縈繞不去。

「……這裡……回音有點大呢……」

或許是建築老舊不堪，雨聲在室內大聲迴響。

伊莎貝拉蹲了下來，將傘放在地上，然後用雙手摀住耳朵，靜靜等待雨勢轉停。即使摀住耳朵，也還是能隱約聽見。雨水淅淅瀝瀝地打在屋頂上，在水坑裡濺起，發出濡溼地面的雨聲。正當她抱膝蹲著忍耐時，忽然聽到雨聲中夾雜了一聲貓叫聲。

窗外突然跳進一隻藍貓和一隻紅貓。

紅貓嘴裡不知為何叼著一把傘。

「喂，等等，站住站住站住！」

教堂大門被重重推開，一名渾身溼透的男子衝進教堂。他個子高大，身材結實，只要不講話，就會是一張精悍的臉孔吧。

然而，他那彷彿在追捕獵物一般的表情，反而讓人覺得有點滑稽。

這名男子正是年輕時的格斯塔。大概是被貓搶走了傘，只見他拚命追逐那兩隻一面「喵喵」叫一面逃跑的貓到處跑。

接著，他終於把貓逼到了牆角。他張開雙臂，蠕動著手指說：

「呵，抱歉啦，與你的追逐就到此為止了。」

在貓跑起來的同時，格斯塔猛然撲去。

「別想逃——！看招——！」

在使勁伸手後，格斯塔確實抓到了傘。緊接著，衝過頭的他便一頭撞在牆壁上。

「咕喔……！」

格斯塔蹲了下來，痛苦不已。

伊莎貝拉茫然地看著他那副模樣。

他忍不住痛苦呻吟：「唔、唔唔……」

大概是疼痛漸漸退去，格斯塔搖搖晃晃地站起來。他緩緩轉身，接著視線與正在哭泣的伊莎貝拉對上。

「啊……」

「喔……」

兩人同時出聲。

數秒的沉默籠罩。格斯塔以僵硬的動作將本來打算擦拭自己身體而從皮包裡拿出的手帕遞給伊莎貝拉。

「咦…………？」

「啊啊，沒有啦，那個……」

他用力繃緊表情說：

「眼淚不適合可愛的女孩喔。」

伊莎貝拉當場瞪圓了眼。

「哈哈！我、我開玩笑的——」

看到如此滑稽的格斯塔，她的眼淚立刻止住了。

伊莎貝拉「呵呵」笑了笑。格斯塔的視線被她的笑容吸引過去。

「啊，呃，這個……」

「謝謝。」

格斯塔將手帕遞給伊莎貝拉。

兩人的指尖輕輕碰觸。窗外亮起劇烈的閃光，遲了一會兒，響起震耳欲聾的巨大雷鳴。

天空正在下雨。

不曾止歇地一直下著。

伊莎貝拉非常討厭雨聲，因為每次聽到，都會讓她不由自主地感到悲傷。

然而——

她現在已經聽不見了。

這道熾烈的雷鳴轟散雨聲，在她的心臟響徹開來。

「這個就給妳吧。」

「咦？可是……」

「這是便宜貨啦。我先走了。」

格斯塔揮揮手，調轉腳步。

他的背影慢慢遠離。

伊莎貝拉心想不行。

必須追上去。

不能失去他的行蹤。

不知為何，她隱約這麼想。

可是該怎麼做才好，她一點頭緒也沒有。她不知道該用什麼話來留住他，怎麼樣也開不了口。

就只是一直想著，她要是不說些什麼，他就會頭也不回地離去。

一直一直都是這樣。

她甚至無法解釋自己為什麼會這麼想，但她就是有這種感覺。

他是個不會等待的人。彷彿受到衝動驅使一般，她拚命踏出顫抖不已的腳。

就在這時——

推開教堂大門的他，突然轉頭看向伊莎貝拉。

「啊——那個……」

格斯塔害羞地說：

「小姐，妳家在哪個方向？」

「咦……？」

「妳在躲雨吧？如果趕時間，要不要一起撐傘？」

格斯塔這麼說著，指著自己的傘。

「啊……」

她瞬間瞥了一眼放在地上的傘。

她用腳把傘推開，將它藏了起來。

「…………嗯……我……沒帶傘……」

伊莎貝拉朝格斯塔走去。

必須再多說些什麼。她一面這麼想，一面拚命地煩惱。

然而她想不出半句風趣的話語。在終於來到格斯塔身邊後，焦急的她忍不住脫口說：

「……這……該不會是在搭訕吧……？」

「不是啦，笨、笨蛋，妳妳妳妳妳、妳在說什麼啊！」

格斯塔明顯表現得十分動搖。

完全暴露出他的不良居心。

「不、不是我在自誇，我打從出娘胎以來，這還是第一次主動向女孩子搭話！」

伊莎貝拉愣了一下。

然後，她輕柔地笑了笑。那有如天使一般的笑容，讓格斯塔再度看得出神。

「我家在那邊。這樣沒關係嗎？」

伊莎貝拉指著家裡的方向。

「喔、喔。我剛好也要往那邊走。」

伊莎貝拉有點顧慮地走進格斯塔撐開的傘裡。

雨勢已經比剛才弱了一點。

「可是，我看你好像很熟練呢。」

他們在雨中共撐一把傘走著，同時伊莎貝拉露出戲弄般的笑容。

「什、什麼很熟練啊？」

「搭訕。」

「這、這是那個啦，那個。因為我已經在腦中練習過無數次了！」

「只有練習？」

「呃，該怎麼說呢——果然就該這樣吧？所謂男人的浪漫，就是用帥氣的求愛臺詞，在電光石火之間迷倒對方再開始交往啊。」

伊莎貝拉思考著並發出一聲：「嗯——」

她不太懂什麼男人的浪漫。

「是指羅曼蒂克的邂逅嗎？」

「對對對，就是那個。不過一旦面對可愛的女孩子，我就會緊張得動彈不得，完全說不出什麼求愛的臺詞。哈哈！」

見他隨口拿自己沒出息的樣子當笑柄，伊莎貝拉不知為何也跟著被他逗笑了。

這是為什麼呢？

明明是初次見面，卻感覺並非如此。她這樣想著，自然地脫口說：

「那麼作為答謝，要練習搭訕看看嗎？」

格斯塔瞪圓了眼。

她指著自己。

「用我來練習。」

「真的嗎……！」

他作出如此強烈的反應，反而把提議的伊莎貝拉嚇了一跳。

普通的女孩子說不定會被他嚇跑，她卻不知為何覺得很開心。

「嗯，真的。」

「我其實很怕打雷呢。」

格斯塔營造出冷酷且疲憊的氛圍娓娓道來。

打從最初就全力以赴，一上來就火力全開。

充滿妄想的搭訕已經開始。

「堂堂大男人居然會怕打雷，很丟臉吧？所以我從未對人提及過。」

就像在扮演有陰影的男人一般，格斯塔如此說。

伊莎貝拉心想他真是個怪人，同時詢問他：

「為什麼會怕呢？」

「我大概是雷的轉生。」

伊莎貝拉忍不住噴笑出聲。她至今接受過許多男人求愛，不過還是第一次聽到這種求愛的臺詞。

「我前世是像雷一樣危險的傢伙。渾身帶刺且性情猛烈，會傷害碰觸到的一切事物。」

伊莎貝拉覺得很有趣，於是決定試著繼續聽下去。

「這樣啊。然後呢？」

「所以，該怎麼說才好呢。」

格斯塔仰望天空，凝視著雨雲。

他十分裝模作樣地說：

「每當聽到雷聲，我就會想起前世的自己，陷入自我厭惡。甚至害怕自己會不會再度變回原本的自己。然而……」

遠方的天空瞬間亮起，隨後響起巨大雷鳴。

「不知為何，方才我一點都不怕了。」

格斯塔直直注視著雷電，瞇著眼睛。

「明明響起雷鳴，我卻只聽得見溫柔的雨聲。一直在腦中不斷迴響的雷，感覺終於停下來了……」

話語從他的口中自然而然地脫口而出。

「感覺我一直在等待這一天……」

伊莎貝拉停下腳步。

格斯塔也跟著停住。

「啊啊，不對，我在說什麼啊……」

「不。」

伊莎貝拉靜靜地搖了搖頭。

「……我懂……因為我……也是這樣……」

伊莎貝拉的視線被他的眼睛所吸引。我一直認為這麼愚蠢的事情，無法對任何人說出口。我一直認為無論是誰，都會對此一笑置之。

可是，如果是他——

「雨聲停止了喔。自從和你相遇以來。」

「啊……」

他溫柔地回望抬頭仰望的伊莎貝拉。

「剛才啊——所以說，雖然平時我會怕得不敢開口，這次我覺得不主動搭話的話，一定會後悔不已……」

心中洋溢著溫暖的情感。

「那個，我這麼說……你說不定會覺得我很奇怪……」

「妳覺得我們不像初次見面，對吧？」

這是為什麼呢？

雖然不明白這種感受的意義，伊莎貝拉仍然泫然欲泣地輕輕點了點頭。

「……嗯……」

自己到底怎麼了呢？

明明是初次見面。

這是為什麼呢？

他的話語會如此觸動我的心。

「妳相信命運嗎？」

雖然是如此平凡的求愛臺詞，卻讓她開心得無法自已。

想要聽到更多、更多。

想要得到更多、更多。

那些從他口中說出，再平凡不過的話語。

「這要是命運的話，會是從什麼時候開始呢？」

「……說得也是呢……」

格斯塔一邊聆聽雨聲，一邊靜靜地說：

「當然是從出生的時候……」

「嗯。」

「啊啊，不對，因為是命運，應該是從出生之前，大約兩千年前的時候開始。」

「兩千年前？」

「不對、不對，不是呢。是從更久更久以前──」

天空因雷光而閃爍。

格斯塔瞬間染成紫色的眼瞳，非常溫柔地注視著她。

「我從七億年前就一直在等著妳。」

一滴淚水從伊莎貝拉的眼中輕輕滑落。

曾經有一名少女，她一直守望無法透露支言片語的亡靈所進行的戰鬥。

少女曾夢想得到一個平凡的家庭，過著安穩的生活，並且生下一個溫柔且健康的孩子。

然而她愛上了亡靈，捨棄這一切的夢想。

她認為只要有這份愛，她就什麼都不需要。

她的心願，是希望持續奮戰的他能獲得安穩。

可是即使如此，還是有唯一一樣。

她無法澈底放棄的夢想。

亡靈不語──

他什麼也不說。

她明白。

即使不說，她也能明白他的心情。

她確實明白。

即使她不斷這樣說服自己，還是持續感到不安。

他真的愛我嗎？

在最後的瞬間，她無法克制地想聽他說出這句答案。

她在最後一刻，懷抱這個無法實現的夢想。

然而如今，跨越悠久的時間——

「我一直深愛著妳。」

這個夢想——

「……我也……一直在等著你……」

終於在此刻實現了。

後記

雖然魔王學院動畫第二季預計於二〇二三年播出的消息已經發表，由於隨之增加的監修工作，使得我的日子變得非常忙碌。

我第一季時或許已經提過，所謂的原作者，基本上都要監修關於跨媒體製作的一切內容。由於動畫的監修工作量龐大，在完成之前都會忙著進行各種工作。為了讓期待的各位讀者能看到更好的成品，我會努力加油。

然後，這次しずまよしのり老師也繪製了非常出色的插畫。能看到露娜與賽里斯的相遇畫面，真的讓我非常高興。

同時，這次也受到了責任編輯吉岡先生的關照，真的非常感謝您。

最後，我要由衷感謝閱讀本書的各位讀者。下一集我也會繼續努力，還請多多指教。

二〇二二年八月三十日　秋

屠龍者布倫希爾德

Kadokawa Fantastic Novels

作者：東崎惟子　插畫：あおあそ

布倫希爾德物語第一部開幕！
以屠龍者之女的身分出生，以龍之女的身分憎恨人。

屠龍英雄西吉貝爾特率領的帝國軍進攻傳說之島「伊甸」，卻因鎮守島嶼的龍而數度遭到殲滅。很巧的是，他的女兒布倫希爾德留在伊甸的海岸邊倖存下來，龍救了年幼的她，將她當作女兒般養育。然而十三年後，西吉貝爾特發射的大砲終於奪走龍的性命——

NT$220/HK$73

龍姬布倫希爾德

Kadokawa Fantastic Novels

作者：東崎惟子　插畫：あおあそ

布倫希爾德物語第二部揭幕！
人們時而輕蔑時而畏懼，並稱她為「龍姬」。

小國諾威爾蘭特遭受邪龍的威脅，因此與神龍締結契約，在其庇護之下繁榮。名為布倫希爾德的少女誕生在國內唯一理解龍之語言的「龍巫女」家族，與母親及祖母同樣侍奉著神龍。其職責是清掃龍的神殿、聆聽龍的言語，並獻上貢品表達感謝——每月七人。

NT$240/HK$73

轉生為故事的黑幕～以進化魔劍和遊戲知識傲視群倫～ 1~2 待續

Kadokawa Fantastic Novels

作者：結城涼　插畫：なかむら

「我的劍就是為了這種時候存在的。所以──」
連的故事，又有了重大的變化──！

　　和聖女莉希亞與其父克勞賽爾男爵談過之後，連決定暫時留在男爵宅邸，一邊處理男爵家的工作，同時一邊在公會當冒險者發揮本領。而為了協助男爵家，他在莉希亞的目送下前往某處，邂逅了一位意料之外的少女。她和掌握故事重要關鍵的人物有關……？

各 **NT$260~300/HK$87~100**

轉生就是劍 1~8 待續

Kadokawa Fantastic Novels

作者：棚架ユウ　插畫：るろお

黑白兩位英雄邂逅!?
獸人國篇——揭開序幕！

漫長的船旅結束，師父與芙蘭抵達獸人國的港都，為了見到獸王利格迪斯據說與芙蘭同為黑貓族的師傅而前往王都。兩人輕鬆打倒通往王都的捷徑上現身擋路的魔物，然而這時卻出現一位白色獸人少女宣稱魔物是她的獵物，雙方陷入一觸即發的狀況……

各 **NT$250~280/HK$83~93**

國家圖書館出版品預行編目資料

魏王學院的不適任者：史上最強的魔王始祖,轉生就讀子孫們的學校. 12/秋作；薛智恆譯. -- 初版. -- 臺北市：臺灣角川股份有限公司, 2024.03
冊；　公分. -- (Kadokawa fantastic novels)

譯自：魔王学院の不適合者：史上最強の魔王の始祖、転生して子孫たちの学校へ通う. 12, 下.
ISBN 978-626-378-636-3(下冊：平裝)

861.57　　113000359

Kadokawa
Fantastic
Novels

魔王學院的不適任者～史上最強的魔王始祖，轉生就讀子孫們的學校～ 12〈下〉

（原著名：魔王学院の不適合者～史上最強の魔王の始祖、転生して子孫たちの学校へ通う～12〈下〉）

2024年3月11日 初版第1刷發行

作　　者：秋
插　　畫：しずまよしのり
譯　　者：薛智恆

發 行 人：台灣角川股份有限公司
總　　監：呂慧君
總 編 輯：蔡佩芬
主　　編：林秀儒
編　　輯：彭曉凡
設計指導：陳晞叡
美術設計：吳佳昀
印　　務：李明修（主任）、張加恩（主任）、張凱棋

發 行 所：台灣角川股份有限公司
地　　址：104台北市中山區松江路223號3樓
電　　話：（02）2515-3000
傳　　真：（02）2515-0033
網　　址：www.kadokawa.com.tw
劃撥帳戶：台灣角川股份有限公司
劃撥帳號：19487412
法律顧問：有澤法律事務所
製　　版：尚騰印刷事業有限公司
ISBN：978-626-378-636-3

MAOH GAKUIN NO FUTEKIGOUSHA Vol.12 <GE>
~SHIJOSAIKYO NO MAOH NO SHISO, TENSEISHITE SHISONTACHI NO GAKKO HE KAYOU~

Edited by 電撃文庫
First published in Japan in 2022 by KADOKAWA CORPORATION, Tokyo.
Complex Chinese translation rights arranged with KADOKAWA CORPORATION, Tokyo.